Else Lasker-Schüler
Mein Herz

Ein Liebesroman
mit Bildern und wirklich
lebenden Menschen
Mit Zeichnungen der Autorin
aus der Ausgabe von 1912

Suhrkamp Verlag

Achte Auflage 1997
Lizenzausgabe mit freundlicher Genehmigung
des Kösel Verlages München

Druck: Nomos Verlagsgesellschaft, Baden-Baden
Printed in Germany

Mein Herz

Ein Liebesroman
mit Bildern und wirklich
lebenden Menschen

Mein Herz – Niemandem.

Liebe Jungens!

Daß Kurtchen Dich mitgenommen hat nach Schweden, Herwarth, ist direkt eine Freundestat. Kurtchen wird erster Staatsanwalt werden und Euch kann nichts passieren. Aber mir kann was passieren, ich hab niemand, dem ich meine Abenteuer erzählen kann außer Peter Baum, der aber aus der alten Wohnung in die neue Wohnung zieht. Im Wirrwarr hat er statt seines Schreibtischsessels seine Matja in den Möbelwagen getragen und sie den Umzugleuten besonders ans Herz gelegt, daß die Quasten nicht abreißen. Am Abend erzählte ich ihm erst meine neue Liebesgeschichte. Ich habe nämlich noch nie so geliebt wie diesmal. Wenn es Euch interessiert: Vorgestern war ich mit Gertrude Barrison in den Lunapark gegangen, leise in die ägyptische Ausstellung, als ob wir so etwas Süßes vorausahneten. Gertrude erweckte dort in einem Caféhaus die Aufmerksamkeit eines Vollbartarabers; mit ihm zu kokettieren, auf meinen Wunsch, schlug sie mir entsetzt ab, ein für allemal. Ich hätte nämlich gerne den Lauf seiner sich kräuselnden Lippen beobachtet, die nun durch die Reserviertheit meiner Begleiterin gedämmt wurden. Ich nahm es ihr sehr übel. Aber bei den Bauchtänzerinnen ereignete sich eines der Wunder meines arabischen Buches; ich tanzte mit *Minn*, dem Sohn des Sultans von Marokko. Wir tanzten, tanzten wie zwei Tanzschlangen, oben auf der Islambühne, wir krochen ganz aus uns heraus, nach den Locktönen der Bambusflöte des Bändigers, nach der Trommel, pharaonenalt, mit den ewigen Schellen. Und Gertrude tanzte auch, aber wie eine Muse, nicht muselhaft wie wir, sie tanzte mit graziösen, schalkhaften Armen die Craquette, ihre Finger wehten wie Fransen. Aber er und ich verirrten uns nach Tanger, stießen kriegerische Schreie aus, bis mich sein Mund küßte so sanft, so inbrünstig, und ich hätte mich geniert, mich zu sträuben. Seitdem liebe ich alle Menschen, die eine Nuance seiner Hautfarbe an sich tragen, an sein Goldbrokat erinnern. Ich liebe den Slawen, weil er ähnliche braune Haare hat wie Minn; ich liebe den Bischof, weil der Blutstein in seiner Krawatte von der Röte des Farbstoffs ist, mit der sich mein königlicher Muselmann die Nägel färbt. Ich kann gar nicht ohne zu brennen an seine Augen denken, schmale lässige Flüsse, schimmernde Iris, die sich in den Nil betten. Was soll ich anfangen? Die Verwaltung des Lunaparks hat mir verboten, wahrscheinlich hat sie Verdacht bekommen, den Park zu betreten. Ich brachte nämlich gestern morgen meinem herrlichen Freund einen großen Diamant – Deinen, Herwarth; bist Du böse? – und eine Düte Kokosnußbonbons mit. Wenn ich überhaupt jetzt Geld hätte? Und ich habe an den Lunapark einen energischen Brief geschrieben, daß ich diese mir angetane Beleidigung der Voß

mitteilen würde, daß ich Else Lasker-Schüler heiße und Gelegenheitsgedichte dem Khediven lieferte beim Empfang europäischer Kronprinzen. Was nützt mirs, daß sie mich wieder einlassen – immer geht ein Detektiv hinter mir, aber Minn und ich treffen uns bei den Zulus, die leben schwarz und wild am Kehrricht der ägyptischen Ausstellung, wo kein Weißer hinkommt. Die ganze Geschichte hat mir der Impresario eingebrockt, der behandelt die Muselleute wie Sklaven, und ich werde ihn ermorden mit meinem Dolch, den ich mir erschwang im Lande Minns. Er ist der Jüngste, den der Händler nach Europa brachte, er ist der ben, ben, ben, ben, ben des jugendlichsten Vaters im ägyptischen Lunagarten. Er ist kein Sklave, Minn ist ein Königssohn, Minn ist ein Krieger, Minn ist mein biblischer Spielgefährte. Er trägt ein hochmütiges Atlaskleid und er träumt nur von mir, weil er mich geküßt hat. Kurtchen, Freund Herwarths, wärst Du doch hier, kein Mensch will mit mir nach Ägypten gehn; gestern war eine Hochzeit dort angezeigt an allen Litfaßsäulen. Sollt er sich verheiratet haben?
Denkt mal, ich habe in den Mond gesehn auf der Weidendammerbrücke für zwanzig Pfennige. Ich habe aber nur sehr schattenhaft die Menschen durch das Fernrohr erkannt. Ein Mann hatte die Haare so wie Du geschnitten, Herwarth, oder vielmehr nicht abgeschnitten. Ob die Mondprole-

ten auch immer rufen: Laß Dir das Haar schneiden? Und einen Herrn mit einer Aktenmappe habe ich ein Brot mit Roastbeef essen sehn, der glich Dir, Kurtchen. Und wahrhaftig, ein Café gibts auch auf dem Mond; es war Nacht, ich hörte aus seinem Innern eine Stimme wie Dr. Caros Stimme singen: »So laßt uns wieder von der Liebe reden, wie einst im Mai«.

Ich habe mich endgültig in den Slawen verliebt – warum – ich frage nur immer die Sterne. Ich liebe ihn ganz anders wie den Muselmann, sein Kuß sitzt noch, ein Goldopasschmetterling, auf meiner Wange. Den Slawen aber möchte ich nur immer anschaun, wie ein Gemälde auf Altmeistergrund. Eine Feuerfarbe hat sein Gesicht, ich verbrenne im Anschaun und muß immer wieder hin. Du brauchst gar keine Angst zu haben, Herwarth, er hat mir auf meinen Liebesbrief gar nicht geantwortet. Ich schrieb ihm: »Süßer Slawe, würdest Du in Paris im Louvre gehangen haben, hätte ich Dich statt der Mona Lisa gestohlen. Ich möchte Dich immer anschauen, ich würde gar nicht müde werden; ich würde mir einen Turm bauen lassen, ohne Türe. Ich möchte am liebsten zu Dir kommen, wenn Du schläfst, damit Deine Wimper nicht zuckt im Rahmen. Ich denke gar nicht mehr, als an Dich und nur an Dich und nie anders, als ob Du in einem Rahmen ständest. So schön wie Du gestern warst, Du warst so schön, man müßte

Dich zweimal stehlen, einmal der Welt und einmal Dir selbst; Du weißt am schlechtesten mit Dir umzugehen, Du hängst Dich immer ins falsche Licht.« Ich versichere Dir nochmals, lieber Herwarth, Du brauchst Dir darum keine Sorgen machen, er reichte mir gestern abend nicht einmal die Hand. Es verriet mir jemand im Vertrauen, er will sich mit *Dir* nicht entzwein, er ist Literat. Was sagst Du zu solch einer Feigheit? Du hättest mir in seiner Lage wiedergeschrieben, nicht? Ihr braucht also noch lange nicht kommen; vorgestern nacht träumte ich sogar, ein Eisbär sei Euch beiden Nordpolfahrern begegnet und hätte Euch gefragt, ob Ihr Euch bei ihm photographieren lassen wolltet. Was ich ein ausgesuchtes Unglück in der Liebe habe! Ihr auch? Habt Ihr schon Ibsen gesehn und die Hedda Gabler? Und habt Ihr Euch schon eine andere Landschaft betrachtet, wie ein Café? Es gibt wohl da oben nur Schneefelder und weiße Berge und was weiß noch? Die Lappen halten wohl nicht, schickt mir aber ein paar Krönländer.

Ihr könnt lachen, ich hab aber die ganze Nacht nicht geschlafen, einmal war es kalt, einmal heiß, dann stürmte es Herbst, und dazwischen glühte Eure Mitternachtssonne. Als ob der September mir alles nachäffe! Ich weiß nämlich gar nicht genau, wen ich liebe: den Slawen oder den Bischof? Oder sollte ich mich noch immer nicht von Minn trennen können? Der Bischof ist seit gestern von mir zum Erzbischof ernannt worden. Aber der Slawe wird wohlweislich bald seinen Abschied einreichen, seine diplomatischen Experimente mit mir sind demokratisch. Ich bat ihn, meinen Liebesbrief mir wiederzugeben, zum Donnerwetter. Ich habe doch zum Donnerwetter Ehre im Leib. Er hat ihn mir noch nicht zurückgesandt – ob er mir ein paar Worte dazu schreiben wird! Aber was hilft das nur, der Erzbischof spricht, wie ich träume, ganz genau so, auch versteht er unausgesprochen meine Wünsche zu erfüllen. Er wandelt mit mir durch schwermütige Wälder über Rosenpfade, oder wir suchen mitten in der Gespensterstunde rissige Straßen auf, die auf die Spree blikken, finster wie das Auge des Arbeiters. Und jeden Tag bekomme ich vom Bischof einen Brief, es sind die schönsten Briefe, die ich je gelesen habe, ich lese sie laut mit der Stimme des Slawen. Und wie geht es Euch? Ihr seid wohl schon am Wendekreis des Schneehuhns angelangt? Erkälte Dich nur ja nicht, Herwarth. Vor allen Dingen bekomme keinen Schnupfen, ich werde wahnsinnig vom Rauschen der Nase. Kommt Ihr bald nach Hause? Der Erzbischof und der Slawe sind heute vor elf Uhr schon aufgestanden und verließen das Café. Ich wäre gern so sans façon mit ihnen fortgegangen, aber Ihr kennt die Leute noch nicht im Café. Wenn sich nun der Erzbischof und der Slawe alles sagen!!? Der dicke Cajus-Majus blieb bei mir am Tisch sitzen, Cajus-Majus, Cäsar von Rom; wenn er nur nicht immer von Literatur redete! Solange es von meinen Versen handelt, geht es ja noch, aber fängt er von Aristophanes an zu quatschen, soll ihn Dantes Hölle holen! Er vertraute mir an, er liebe Lucrezia Borgia. Als ich ihn fragte, wer das Frauenzimmer sei, bekam er einen Lachkrampf. Ohne Dich, Herwarth, geht es hier doch nicht: Du hilfst mir immer in der Geschichte, auch geniere ich mich, jemand zu bitten, mir die Kommas zu machen. Auf einmal kam gestern Dein Freund, der Doktor, wieder ins Café mit der Marie Borchardt und ihrer Freundin, der Margret König. Die ist auch Schauspielerin, wußtest Du das? Du, sie ist reizend! Ich schickte ihr im ausgerauchten Zigarettenschächtelchen des Slawen einen Chokoladencaces und eine Zigarette. Sie ist eine süße Silhouette. Immer steht sie, ein goldenes Nymphchen, zwischen meinen bunten, plätschernden Gedanken. Darum ging ich auch heute abend in den Vortrag der Marie Borchardt, nicht um meine Gedichte zu hören, nur der Margret wegen. Aber ich war sehr überrascht von der Vorlesung der Marie, die ist eine italienische Sprecherin; in ihrer Stimme tönen venezianische Glasblumen, und echte Spitzen aus den Palästen knistern unter ihren Worten. Ausgesehn hat sie in ihrem Terrakottakleid und ihrem Turban mit der

Goldfranse wie eine kleine Dogenprinzessin. Wenn ich einen Dogen wüßte, ich ließ sie entführen in einer Gondel. Es kann doch nicht alle Tage dasselbe außer mir passieren. Du sagst zwar immer, ich soll mich nicht um andere Menschen bekümmern, aber mich ärgern ebenso sehr die unkünstlerischen, wie die künstlerischen Vorgänge mich im Leben erfreuen. Ich glaube, es ist schon zwölf Uhr; ich bin tatsächlich zu bange, heute den Flur meiner Wohnung alleine zu betreten. Ich bin nervös. Ich werde Dir mein Wort nicht halten können und vor Morgen schon in meinem Bett liegen. Ich werde bei dem Billetfräulein am Halenseer Bahnhof schlafen auf ihrem blutlosen, alten Kanape. Sie erzählt mir den Rest der Dunkelheit von ihren Liebhabern. Gute Nacht, Herwarth, liebes Kurtchen!

Ich bin nun zwei Abende nicht im Café gewesen, ich fühle mich etwas unwohl am Herzen. Dr. Döblin vom Urban kam mit seiner lieblichen Braut, um eine Diagnose zu stellen. Er meint, ich leide an der Schilddrüse, aber in Wirklichkeit hatte ich Sehnsucht nach dem Café. Er bestand aber darauf, mir die Schilddrüse zu entfernen, die aufs Herz indirekt drücke; ein klein wenig Cretin könnte ich davon werden, aber wo ich so aufgeweckt wäre, käm ich nur wieder ins Gleichgewicht. Ich hab nämlich gebeichtet, daß ich mir außerdem das Leben meiner beiden Freunde wegen hätte nehmen wollen am Gashahn, der aber abgestellt worden sei; der ganze Gasometer ist geholt worden. Ich konnte die Gasrechnung nicht bezahlen. Auch in der Milch kann ich mich nicht ersäufen, Bolle bringt keine mehr. Wie soll ich nun, ohne zu erröten, wieder ins Café kommen? Ein Mensch wie ich müßte sein Wort halten. Ich werde den beiden, dem Bischof und dem Slawen, vorschwindeln, Du wirst Dich zu sehr erschrecken.

Liebe Jungens
Ratet nur, die beiden waren garnicht mehr da, als ich um zwölf Uhr lebendig ins Café kam, aber Dein Freund der Doktor saß und sang für sich, manchmal so laut, er vergaß schier den Ort. Seine Stimme ist mythenhaft, olympisch, auch Krater raucht darin, und dröhnen kann sie wie Zeuswort. Daß wir beide uns böse sind, ist direkt unkünstlerisch.
Wißt Ihr, wer heute in aller Früh angeklingelt hat – Fridolin Guhlke. Er habe sich verliebt, er habe seine erste Liebe getroffen; damals sei sie dreizehn gewesen vor drei Jahren. Und er zeche nicht mehr, seine Flamme trüge einen Heiligenschein um den Kopf. Auch ins Café käme er nicht mehr, ich sollt ihm dieselbe Askese versprechen. Heimlich halten wir alle das Café für den Teufel, aber ohne den Teufel ist doch nun mal nichts. Ich bin neugierig,

wie lange der Guhlke es ohne Teufel aushält. Manchmal gehts ja dort auch etwas zu heiß her, wenn einen so eine aufgetakelte Plebejerin anranzt; man soll ihr aus dem Weg gehn, ihr Vollmond könnt nicht vorbei mit dem Spitzenüberwurf. Ich wollt ihr eine Backpfeife geben, als sie schon oben aus dem Billardraum ihren Mann holte, der in Begleitung von galizischen Saduzäern und Chaldäern sich mir näherte. Aber ich verhielt mich stumm; hasse es, mich mit lauten schreienden Weibern einzulassen. Nach einiger Zeit kamen dann zwei Polizisten, mich zu vernehmen. Aber Richard versteckte mich zwischen den Zeitungen; das bleibt jetzt mein Fach. Dann kam unser Direktor Wauer, er hätte gern die Szene gesehn. Ich entschädigte ihn. Er kannte wirklich noch nicht die Schauspieler im ägyptischen Lunapark. Gerade trabte das Dromedar am großen Fenster des Cafés vorbei; es kam vom Tierarzt, es leidet an seinen Mägen. Ich sehne mich nach Minn, er war es nicht, der Hochzeit hatte. Was mir noch einfällt, Kurtchen, Herwarth hat seine Taschentücher vergessen, leihe ihm von Deinen. Du kriegst sie *gewaschen* zurück. Es ist vier Uhr; es ist noch ganz hell. Direktor Wauer fährt in einem Wagen unserer kleinen Karawane voraus.

Lieber Herwarth und liebes Kurtchen! Bleibt noch so lange wie es Euch gefällt; ich freue mich ja so, daß Ihr Euch schon erholt habt, auch über

Eure schönen, interessanten Ansichtspostkarten. Wie vornehm ist Ibsens Grabmal gehalten, eine Säule in der Sprache der Hieroglyphen, eine nordische Pyramide. Gestern zeigte mir der Erzbischof auch mein Denkmal. Der indische Turm des Lunaparks müßte einmal auf meinem Leibe stehn. Es überkam mich ein Grauen, aber zu gleicher Zeit senkte ich erhaben den Kopf vor der mir angetanen Ehre. Der Bischof ist der Gärtner des Worts, er spricht mit einer gleichmäßigen Ruhe, die mir wohltut. Er behauptet zwar, er spräche nur mit mir so gleichmäßig und vorsichtig, und ich weiß nicht, ob er mich für eine zarte Pflanzenart oder für einen Tiger hält. Als wir am Abend dem Slawen begegneten, ging er an uns vorbei; er spielt altmodisch den Erhabenen, er ist eben ältlich im jugendlichen Alter. Wenn man ältlich ist, kann man keine Jahreszeit des Herzens erleben, selbst den Winter nicht, ebenso wie der Kindische nichts vom Frühling weiß. O, und alles bedeutet der Wandel im Menschen; der Bischof und ich, wir spielen augenblicklich Lenz. Peter Baum gibt mir auch vollständig recht, er sei nur zu faul zum Wandel. Er läßt Euch grüßen; sein Roman aus der Rokokozeit sei fast fertig, vor einem halben Jahr war er beinah fertig. Lebt wohl, liebe Kameraden!

Cajus-Majus, der Cäsar, setzte sich geheimnisvoll an meinen Tisch, als sich Peter Baum für einen

Augenblick entfernte, Cajus möchte mich etwas fragen. »Ich möchte Sie etwas fragen, Else Lasker-Schüler, passen Sie mal auf! Es handelt sich um meine literarische, wie um meine materielle Zukunft. Würde es mir Herr Walden übel nehmen, falls ich bei Capuletti in Florenz in den Verlag einträte? Kraus ist ja erhaben über dergleichen, aber Walden hat zur Zeit Herrn D. schon einmal bei einer solchen Gelegenheit die Alternative gestellt.« Ich habe ihm geantwortet, Herwarth, daß er meine Stellung zu Dir überschätze. Ich wäre noch nicht mal als Laufbursche unten im Bureau angestellt, ich bewürbe mich aber um den Sekretariatsposten und würde seine Angelegenheit zur Sprache bringen. Bin ich nun so dumm? Offen gestanden, ich mag Cajus-Majus schrecklich gern leiden, er ist ein drolliger, erwachsener Pausbakkenengel, ein frommgewordener Bacchant im Bacchantenzug; sein Humor hat sich frisch erhalten, aber statt der Trauben trägt er einen weißen Kragen um den Hals. Was sich doch die Menschen verändern, was die Literatur aus einem Menschen macht! Aber allen Ernstes, Herwarth, wirst Du es ihm übel nehmen? Eins will ich Dir sagen, druckst Du nichts mehr von ihm, schreib ich nicht eine Bohne mehr. Die einzigen Sachen, die mir Vergnügen machen, sind Cajus-Majus Sachen. Als Peter Baum wieder an unseren Tisch trat, kamen durch die Caféhaustüre die Signorina Marie und die Margret. Ich sagte, die Margret sieht heute aus wie ein Glühwürmchen, und Peter Baum schnappte danach. Aber Cajus-Majus schwamm weiter durch die literarische Seligkeit wie ein Walfisch. Aus seinem Kopf floß über Kreuz ein Springbrunnen. Wir gingen zeitig nach Haus, Herwarth, auf Ehrenwort! Wieder ist ein Brief vom Dalai Lama aus Wien gekommen, ich habe ihn zu den anderen Briefen und Karten und Drucksachen in Deine fife o glock Hose gesteckt.

Lieber Cook und lieber Peary!
Ich muß Euch ein Geheimnis anvertrauen: Gestern in der Nacht, der Himmel war eine Mischung von taubenblau und stern, gingen der Bischof und ich in eine kleine Kneipe in die Mommsenstraße. Aber ich hatte kein Geld mehr bei mir, als gerade noch für ein Glas Wasser, das Trinkgeld kostet. Der Bischof verträgt aber wahnsinnig viel Alkohol; er wollte durchaus Burgunder trinken, weißen Burgunder. Er beteuerte mir, daß durch sein Herz weißer Burgunder ströme, er wollte mich durch die Blume des Weins von seiner reinen Liebe verständigen. Aber ich sagte ihm, ich hätte kein Geld. Und er war sehr niedergeschlagen, daß ich von ihm nichts annehmen wollte. Meint Ihr, ich hätte mit ihm den Burgunder trinken sollen? Oder Goldwasser? Ich will Euch offen sagen, wir haben Goldwasser getrunken; ich habe

mich zum ersten Mal von einem Menschen freihalten lassen; es lag eine Zärtlichkeit in seinem Geben, manchmal reichte er das kleingeschliffene Glas bis an meine Lippen, wie mans bei einem Kind tut. Ich liebe seitdem den Bischof und ich habe ihm erlaubt, meine Haare zu küssen; er sagt, sie duften nach Lavendel.

Liebe Jungens!
Ich habe hier nun keinen Menschen, dem ich das alles erzählen kann, kommt bald wieder! Der Peter Baum ist ein Schaf, er grast immer auf der Wiese bei seiner Mutter und immer kann er nicht loskommen von Hans oder von einem anderen Cousin des Wuppertals. Oder seine Schwester läßt ihn nicht fort, oder Maja, sein Weib, ist zurückgekehrt von der Reise. Ohne Peter Baum kann ich nicht leben. Er rügt mich nie, er findet, alles paßt zu mir, was ich tu. Aber vor Dir hab ich Angst, lieber Herwarth; eine Backpfeife wäre mir lieber als Dein strenges Gesicht. Den Geschmack habe ich noch von der Schule her. Und ich werde lieber in Deiner Abwesenheit diese Briefe an Dich und Kurtchen an Deine Druckerei schicken. Du sagst ja doch, es geht nicht, aber es geht alles, wenn man will. Peter Baum findet auch nichts dabei. Den ganzen Tag hab ich gestern auf ihn gewartet; ich schrieb dreimal denselben Brief an ihn, einen sandte ich an seine erste Wohnung, den zweiten an

seine zweite Wohnung und den letzten an seine Mutterwohnung nach Friedenau. Auf Wupperthaler Platt: »Lewer Pitter Boom, dat letzte Mol, dat eck Deck schriewen tu: kömm oder kömm nich, ollet Mensch. Eck han Deck so völl tu verzählen, eck weeß nich, wän eck vön de dree Arbeeter liewe: den Fredereck oder den Willem oder den Ost-Prösen. Du söllst meck helven tu sinnen, dommet Rendveeh. För war böß De denn geborn? On leih meck een Kastemännecken, eck han verdeck keene Kartoffel mähr em Hus, on necks tu freten. Eck gew et Deck weher, so wie ming Gelägenheetstrauerspeel, ›Die Wupper‹, ogeföhrd wörd. Der Derektör Reenhardt han et meck versproocken optuföhren; wenn meck ens nur der olle Großvatter em erschten Akt vörher nich sterben dut; hä leid on die Luft. Det weeßt De jo. On de Grätz vom Dütschen Triater söll emm speelen. Du gönnst et meck wohl nich, fiser Peias? Kömmste nu oder nich? Kömm ens wacker! Ding Amanda!«
Denkt mal, er ist abgereist mit seiner Schwester Julie nach Hiddensee. Am Hohenzollerndamm wohnt seine Frau, die Matja, mit ihrer Freundin Jenni. In der alten Ringbahnstraße hat Peter Baum seinen Roman liegen lassen. Die Tapezierer haben die Hälfte Blätter schon mit Kleister beschmiert, um sie unter die neue Tapete zu kleben. Aber was geht das uns an! Hast Du Dir den Brief von der

Post in Christiania abgeholt, lieber Herwarth? Was sagst Du dazu, daß Deine Pantomime in ganz Luxemburg angenommen worden ist? Ich singe immer seitdem: Ich bin der Graf von Luxemburg und hab mein Geld verjuxt, verjuxt.

Liebe Kinder!
Ich habe Euch schnell was furchtbar Schmerzliches zu sagen: der Marokkaner ist entführt worden von einer Undame.

Herwarth!
Gestern war ein Monstrum im Café mit orangeblonden, angesteckten Locken, und wartete scheints bis Mitternacht auf Dich, Herwarth. Leugne nur nicht, Du kennst sie; sie sprach genau so im Tonfall wie Du, überhaupt ganz in Deiner Ausdrucksweise. Nachher ging sie in die Telephonzelle; ich und Zeugen hörten sie unsere Nummer rufen, aber Deine Sekretärin mußte wohl schon gegangen sein, denn das Monstrum stampfte so wütend mit dem Fuß, daß die gläserne Tür des kleinen Kabinetts klirrte. Und so stampfen nur Verhältnisse! Es wäre doch eine Gemeinheit von Dir, wenn Du mir untreu wärst. Jemand hat hier im Café gesehn, wie sie Dir unter dem Tisch eine ihrer künstlichen orangefarbenen Lokken schenkte. Aber was wollte ich noch sagen: heute morgen war Minn bei mir in der Wohnung;

auf seiner stolzen Schulter trug er einen großen Reisekorb, mich darin sofort einzupacken nach Tanger. Ich will es mir noch überlegen mit dem Bischof; natürlich, wenn der mich wirklich liebt, kann ich ja nicht weg. Aber noch eins: niemand schwärmt so für Deine Pantomime wie der Erzbischof und der Slawe. Also bleibe noch ruhig am Nordpol, Du und Kurtchen.

Lieber Herwarth!
Zum Wohlsein, Kurtchen!
Gestern sind meine Rosa und ich fast überfallen worden!! Sie flickte mir gerade meinen Rock. Ihr Fritze war es, der doch so ungefährlich aussieht. Sie hat ihm in der letzten Zeit dieselben Briefe geschrieben, die ich ihr an Dich und Kurtchen vorlas. Was wir so alles durchmachen! Auch geht es mir materiell schlecht. Im Café habe ich große Schulden, beim Ober vom Mittag: ein Paradeishuhn mit Reis und Apfelkompott; beim Ober von Mitternacht: ein Schnitzel mit Bratkartoffeln und Preißelbeeren und ein Vanilleeis, ein ganzes zu fünfzig Pfennig. Martha Hellmuth, die Zauberin Hellmüthe in meinem St. Peter-Hille-Buch, lieh mir einen Groschen fürs Nachhausekommen, sonst hätte ich Dir wieder mein Wort nicht halten können. Und nachher kam Rechtsanwalt Caro; er ist direkt ein gentleman, er gab mir für Dich zehn Mark; er sei Dir das schuldig. Als ich dann Lachs

mit Buttersauce gegessen hatte, fiel mir ein, es war eine elegante Ausrede von ihm. Was man doch an Keingeld zu Grunde geht! Zwar Kleingeld vertrag ich noch weniger, ich bin von Hause nicht en miniature gewöhnt. Macht Euch keine Sorgen um mich, solang ich noch im Fall einer Mobilmachung was zu versetzen hab – Euer Krösus.

Liebe Jungens!
Höxter ahnt was von meiner Schwärmerei zu Minn, er hat mir zwei Ansichtspostkarten der ägyptischen Lunaausstellung mitgebracht. Auf dem Kamel der Palmenlandschaft sitzt mein Sultan. Wo ihn die Diebin wohl hingeschleppt hat? Hast Du übrigens von der Zeichnung, die Höxter von mir gemacht hat, ein Cliché anfertigen lassen, Herwarth? Sie kommt doch in den Sturm? Ich bin darauf wirklich der kriegerische Prinz von Theben, dafür ist die Sphinx im Vordergrund ein richtiges Weib. (Ich schreib sonst kein Wort mehr für den Sturm.) Höxter und ich sitzen heut ganz allein im Vorgarten des Cafés; wir knobeln in der Sonne aus, daß wir beide von Beduinen stammen, er sitzt immer wie ich auf einem edlen Araberpferd, darum können wir nie ganz verkommen. Wir sind vom Stamm der Melechs und ziehen in Gedanken immer gegen andere Rassen. Ich bin Höxter dankbar, er erzählte mir ein Wunder, seine Schwester heiße Schlôme.

Wißt ihr, wer gestern bei mir war? Die Exkönigin Eugenie! Ich öffnete mit Zagen die Korridortüre wegen des Gerichtsvollziehers. Ihre Majestät versprach mir, an meine Cousine zu schreiben, die ist Zwillingsmillionärin.

Lieber Herwarth, edles Kurtchen!
Ich habe mir seit einigen Tagen vorgenommen, Karl Kraus, der Dalai-Lama in Wien, soll außerdem Minister werden. Ich sehe ihn überhaupt nicht mehr anders, als auf einem mächtigen Stuhl sitzen. Wie langweilig und langsam alle Menschen sind, er wäre schon längst Minister. Ob ich wohl Hofdichterin werden würde mit einer Apanage. Aber daran denke ich erst in zweiter Linie. Ich hätte die Angelegenheit Dalai-Lamas längst zur Sprache gebracht, aber die Leute, wie gesagt, lächeln immer langwierig, wenn ich was sage, auch verstehen sie nicht meinen gaukelnden Worten ein Seil zu spannen. Nur der Minister freut sich meiner Sprünge, er ist ernst genug.
Der kleine Jakobsohn hat zweiundzwanzig Nummern der Fackel bestellt; ich habe Dir sofort gesagt, Herwarth, er ist gar nicht so schlimm, es wird ihn auch noch der Sturm umreißen. Seid vergnügt, beide, macht Euch keine Sorge wegen meines Mitbruchs, ich hab Diamanten und Perlen – und ein Heer Verse – auf Dich gedichtet.
Ich kann Euch heute nur eine Postkarte schreiben;

der Bischof telephoniert eben, ob wir gleich etwas in Sibirien spazieren gehen wollen. Wir nennen nämlich die Gegend am Lützowerplatz in Charlottenburg Sibirien. Wir haben überhaupt viel gleiche Empfindungen beim Anschaun der Welt. Auch sehen wir dieselben Tiere im Menschgesicht. Die Katzen liebt er, ich nicht. Ich werde ihn heute fragen, ob er die Katzen mehr liebe wie mich. Solche Fragen berühren ihn glücklich. Ich frage ihn vieles Verhängnisvolle auf Französisch, als wäre er mein Gouverneur. Es ist so aufatmend, wenn einem auf einmal alle die verantwortlichen Gedanken und eingenisteten Gefühle von der Schulter gleiten und man eine Marionette ist, am feinen Seidenfaden geleitet. Aber manchmal bin ich sein goldener Ball, den er liebevoll in Kinderhände wirft. Oder ich schlummere vom Rausch seiner Worte, er hat etwas Rebenartiges. Ich lehne, seitdem ich ihn kenne, oft an schwarzangestrichenen Wänden der Häuser und werde süß. Wenn er nicht mit mir spielen würde! Ich müßte verdorren in der Nüchternheit von Berlin. Unter Asphalt ist sogar hier die Erde begraben; einen großen Baldachin wie des Wintergartens dumpfer Sternenhimmel wollen sie jetzt über die Hauptstadt bauen; wo soll man dann hin, blau sehn. Der Westen unserer Stadt ist mir am verhaßtesten, die Arbeitergegenden haben wenigstens etwas Kriegerisches. Kürzlich standen wir auf der Brücke, die zur Siemens-

Fabrik führt, in der Nacht. Wir hätten uns fast geküßt, aber ich entschwand seinen Lippen, ohne es zu wollen, wir sind auch beide zu weiß, wenn wir erröteten im Küssen, wäre wie Blut, vielleicht wie Mord. Ich muß Euch das alles sagen, liebet mich dafür.

Liebe Jungens!
Als ich heute ins Café kam, saßen der Slawe und der Bischof wo versteckt. Der Slawe findet es scheints politischer in Deiner Abwesenheit, Herwarth, sich nicht mit mir zu befassen, er spielt den Ehrenmann. Auf die Idee, daß er sich aus mir nichts macht, bin ich noch nicht gekommen, aber ich habe ihn satt; er ist auch gar nicht so schön, wie ich ihn zuerst sah, er hat ein enges Mienenspiel. Und er freut sich immer, wenn jemand Verlust der Phantasie erleidet, da er keine besitzt. Ich habe Minn verloren, alle marokkanischen Träume und den tätowierten Halbmond an seinem vibrierenden Nasenflügel. Der Bischof sah mich von Ferne weinen, er küßte schon dreiundzwanzig Mal mitleidig seiner kleinen, heiligen Katze den Kopf. Heute stellte ich dem Bischof eine Sängerin vor, weil sie der Talismanphotographie ähnlich sieht, die er in seinem Portefeuille trägt. Nun soll er in Wirklichkeit seinen Typus Angesicht von Angesicht sehn. Ich glaube zwar, er ärgert mich nur mit ihm, aber ich will mich lustig rächen. Felicitas

summt immer meine Melodien auf Berliner Jargon, die ich aus dem Morgenland weiß, sie ist mein verwässerter Nil abwechselnd mit einer Schüssel Tigriswasser, darin sie ihre Strümpfe wäscht. Aber sie trägt seidene Strümpfe; mit Wohlgefallen bemerkte das der Erzbischof, auch stellte er Vergleiche an zwischen mir und ihr. Das nehme ich ihm übel, ich glaube, ich mag ihn nicht mehr leiden. Meine ganze Psyche ist eine Weile eingekracht. Eine feine ganz goldene Stadt ist meine Seele, lauter Wandelgänge von Palast zu Palast. Und ihre Landschaften übersteigen die Schönheiten aller Länder. Ich soll wieder erkrankt sein, aber wo? Es ist kein Mosaik mehr da, und mich behandelt man auf Backsteine. Ich gab dem Bischof lächelnd die Hand zum Abschied: »Leben Sie wohl, Herr Erzbischof, Sie behaupteten, die Kultur der Ägypter über alles zu lieben, und vergaßen, daß man eine pharaonische Prinzessin nicht (wenn auch in Gedanken) neben einem deutschen Porzellangänschen stellen darf.« So sagte ich ihm.

Herwarth!
Heute gabs wieder Aufschnitt bei mir; dabei esse ich so gern Ente und Mirabellen. Ich hatte geradezu Sehnsucht nach Kempinski, trotz der gierigen Philister an den Nebentischen. Warum sind wir beide dort so unverheiratet? Bin weder in dem Lokal Deine Verehrerin, noch Deine Kameradin,

noch Deine Angetraute. Du bist dort mein Liebhaber, erster Liebhaber, und ich fühlte wohl in den beiden Malen, wo wir dort aßen, daß auch in Dir verborgen wie in allen Männern das Talent zum Bonvivant steckt; aber ich auch nicht alleine die Dichterin und die Tino von Bagdad bin, nicht nur der Prinz von Theben, zu guterletzt nicht nur als Jussuf der Ägypter existiert habe, sondern ich auch ein ganz kleines Mädchen sein kann, das zum ersten Mal von einem Herrn zu Kempinski zum Abendbrot mitgenommen wird und Geschmack an Kaviar und Ente mit Mirabellen findet, sich aber noch schüttelt entsetzt vor der Schnecke in der geöffneten Muschel. Weißt Du noch unsere Angst, daß jemand uns von Bekannten sehen würde, – unser Verhältnis. Ich trank aus Deinem Glas Rotwein, und Du machtest mir Komplimente meiner schmalen Fußgelenke wegen. Du versprachst mir seidene Strümpfe zu kaufen und eine weiße Feder für meinen großen Strohhut. Du hast so emsig süß zu mir gesprochen, namentlich wie ich mich genierte, noch etwas von der Auswahl der Konfitüren zu wählen. Und ich vergaß wirklich, daß ich Deine Frau war, und machte mich über Deinen Drachen lustig, über ihre finstere Stirn. Aber ich werde nie Dein stutziges Gesicht vergessen; da wußte ich, daß Du schon öfters mit kleinen Mädchen bei Kempinski soupiert hattest, die Deine Frau ihrer fanatischen Galiläerstirn wegen verspotteten. Das hatte Dich immer wieder von den Leckermäulern abgebracht, denn Du wurdest barsch und unmutig zu mir, weil ich Deine »Frau« beleidigt hatte. Und wie ich erfahren habe, bist Du erst neulich in einer kleinen Gesellschaft dort gewesen, Dein Freund, der Doktor, brachte seine lachende Kleine mit. Warum hast Du nicht Kurtchen veranlaßt, den Doktor auch zu der Reise nach Norwegen einzuladen? Er sieht abgearbeitet und verärgert aus. Es gibt keinen Menschen, der aufmerksamere Liebe nötiger hat, als der Doktor, als »unser« Doktor, sind er und ich auch schuß für ewig. Ich habe jahrelang Jünglingen, die ihm ähnlich sahen, Blumen gesandt.

Liebe Nordpolforscher!

Direktor Wauer hat heute morgen ein Telegramm aus Elberfeld bekommen. Die Stadt Elberfeld hat ihn verständigt, daß der Wupperthaler Gesangverein ihm ein Ständchen bringen wird, weil er ming Stöksken aufführen tät. Was mich meine Einwohner doch gut leiden mögen! Und eine Deputation Färwer, Knoppmaker on Suttaschdreher on zweihundert Weberslüte werden unserm Direktor ein Album mit bergischen Photographien überreichen. Ich schwärme wahnsinnig für Direktor Wauer.

Liebe Beide!

Wieso weiß Richard Weiß in Wien von der Aufführung meines Schauspiels? Er schickte mir heute Rosen. Ich möchte ihn einmal sehen. In seiner Schrift stehen alle seine Gedichte gemalt, manche sind gebeugte Bäume, aber auch herrliche Kuppelbauten erheben sich an Ufern. Ja, seine Schrift hat Ufer und Flüsse, heilige Wellen, die nach Gebeten duften. Seine Schrift duftet. Es hat mir jemand verraten, daß er schlank ist, daß er braune Haare habe und schmerzlich der Blick seiner Augen sei, und daß er den Scheitel an der Seite, wie ich, trüge. Ich denke an ihn immer sehr bewegt: ich wollte, ich wäre ein Spaßmacher und er eine Schlange, ich würde ihm das Tanzen beibringen.

Lieber Herwarth und lieber Kurt!

Ach, ich habe diese Nacht so sonderbar geträumt! Ich lag auf einer Bahre mitten auf einem Platz. Ich lag gehüllt in einem weiten, stillen Tuch, wie in einem Meer – und war tot. Manchmal tratst Du zu mir, Herwarth, und hobst das Meer von meinem Angesicht und wiesest auf meine Stirn. Und es verhöhnten sie so viele Menschen, wie ich Tage gelebt hatte. Ich begann mich schon wegen Deiner Arglosigkeit zu ärgern, denn ich habe immer den neugierigen, dreisten Tag gehaßt. Aber als die Nacht kam, bat ich Dich, drei Prinzessinnen meiner Liebe zu beschenken. Du versprachst mir feierlich, der Venus von Siam das Armband zu senden, das ich beim Aufschreiben meiner Gedichte trug. Du wiederholtest mir mit reiner Stimme, meinen Ring mit dem eingefaßten Abendrot, Jephta, der Frau des gentlen Rechtsanwalts, der immer vom Mai singt, zu reichen. Du schworst mir treu, daß Du Nora von Indien, dem weißen Panther, meinem treuen Absalon, meinem frommen Spielgefährten, mein Rubinherz selbst um den Nacken legen würdest. Ich weinte so wild, ich hörte das Meer um mich aufstehn. Und ich fürchtete, Dein Finger würde erfaßt werden, der über den Platz wuchs, auf dem ich gebettet lag, der klare Wegweiser, der auf meine Stirn wies. Es wurde immer auf etwas gewartet – Zeuxis Kokoschka schlenderte hinter dem Dalai-Lama; und Loos, der Gorillaarchitekt, trug auf seinen Händen mein Gewölbe, wie es sich für mich geziemt, aus weißem Libanonholz, schlicht, aber zu reich für den eitlen Geschmack der Leute. Und es brach ein Kampf um das Haus meines Leibes aus; Stuckvolants und Einsätze setzten sie an meines Tempels Fassade. Aber ich konnte nicht mehr streiten, ich hatte mich schon aller Täglichkeit abgewandt und spielte mit der runden Zeit. Des Dalai-Lamas Augen, blaue, milde Myrrhen balsamierten mich ein, Zeuxis malte mich endlich im Tode. Und Du, Herwarth, küßtest meine Stirn, eine Orgelsymphonie stieg zu mir empor; ich bin nie mit anderen

Menschen zu messen gewesen; ich konnte nur immer so sein, wie man zu mir heraufblickte, denn meine Stirne war der Nachthimmel. Du wußtest es.

Liebe Renntiere!
Ich freue mich so auf Euer Geweih! Aber ich dachte mir gleich, daß Ihr so leicht nicht von der Schlittengegend fortkämet. Und habe also früh Schluß mit meinen Briefen an Euch gemacht. Übrigens empfing ich schon viele bedauernde Anfragen deswegen; also bleibt noch, friert ein bißchen. Ganz recht, ich werde anfangen, meine Briefe an Euch zu sammeln, und sie später unter dem Titel »Herzensbriefe, alleinseligmachender Liebesbriefsteller, gesetzlich geschützt« herausgeben. Vorwort: Alle bis dahin vorhandenen Liebesbriefsteller hinterlassen Übelkeit und Magendruck. Und den Deckel muß mir ein Porzellanfabrikant zeichnen, ein Pärchen zwischen bunten Blumenmustern. Oesterheld und Cohn sagen, das ist meine erste vernünftige Idee, nur ihr Lektor Knoblauch war empört darüber. Der Verlag hat sich aber noch nicht erholt von dem Reinfall in meine Wupper. Und was meint Ihr – Müller Mahle Mühle hat mir mein Manuskript Essays aus München wiedergesandt, »sie seien ja sehr hübsch, aber das Publikum interessiere sich nicht für die Namen«. Ich meine doch, Julius Lieban, Emmy Destinn, Tilla Durieux, William Wauer,

Paul Lindau, Friedrich von Schennis, Peter Baum, St. Peter Hille, Karl Kraus, Adolf Loos, Oskar Kokoschka, Dr. Adolf Kerr, Maupassant etcetera sind nicht unbekannte Leute. Außerdem erschienen alle meine Essays in den ersten Zeitschriften und Zeitungen, das müßte Herrn Müller doch maßgebend gewesen sein. Mahle Mühle Müller. Euer Pechvogel.

Herwarth und Kurt!
Ich muß Euch heute nacht noch etwas ganz Seltenes erzählen, Stefan George ist mir in der Dunkelheit eben begegnet. Er trug einen schwarzen Samtrock, ließ die Schulter hängen, wie müde von der Last des Flügels. Ich schrie ganz laut. Ich bin einem Erzengel begegnet, wie er gemalt ist auf den Bildern Dürers.

Lieber Herwarth und Kurt!
Ich habe das Café satt, aber damit will ich nicht behaupten, daß ich ihm Lebewohl für ewig sage, oder fahre dahin Zigeunerkarren. Im Gegenteil, ich werde noch oft dort verweilen. Gestern ging es Tür auf, Tür zu, wie in einem Bazar; nicht alles dort ist echte Ware: Imitierte Dichter, falsches Wortgeschmeide, Similigedanken, unmotivierter Zigarettendampf. Der Rechtsanwalt kommt schon lange nicht mehr hin. Warum es einen so ins Café zieht! Eine Leiche wird jeden Abend dort in die oberen Räume geführt; sie kann nicht ruhen.

Warum man überhaupt in Berlin wohnen bleibt? In dieser kalten, unerquicklichen Stadt. Eine unumstößliche Uhr ist Berlin, sie wacht mit der Zeit, wir wissen, wieviel Uhr Kunst es immer ist. Und ich möchte die Zeit so gern verschlafen.
Kinder, ich langweile mich furchtbar, die ganzen Geliebten sind mir untreu geworden. Ich komme mir vor wie eine Ausgestoßene, trete ich in den Vorhof unseres Cafés. Den Slawen kann ich ja nicht mehr ausstehen. Und der Bischof ist mir zu wertvoll zum Spiel; wenn er das Spiel ertragen könnte! Wer verträgt aber den Kopf- und Herzsprung! Minn ist herabgekommen durch die Undamen; ich weiß garnicht mehr, ob er hier in Berlin ist. Ich bin inwendig wie ein Keller, wie Sibirien ohne Duft. Ich bin so allein; wäre ich wenigstens einsam, dann könnte ich davon dichten. Ich bin die letzte Nuance von Verlassenheit, es kommt nichts mehr danach. Wenn mir doch jemand was Süßes sagte! Wäre ich doch eine Biene und könnte mir Honig machen! Was nützen mir Deine lieben Briefe und Postkarten! Ich kenn Dich und Du kennst mich, wir können uns nicht mehr überraschen, und ich kann nur leben von Wundern. Denk Dir ein Wunder aus, bitte!
Gestern abend war ich im Wintergarten mit dem Maler Gangolf. Ich gehe so gern mit ihm gerade in die Variétés. Er spöttelt nicht, er kann großgucken wie ein Kind. Manchmal überkommt uns auch

Romantik – dann schielt er leise nach der Nelke oder Rose oder Georgine, mit der meine Hand spielt. Ich schiebe sie dann ganz grundlos auf seinen Schoß. Am besten gefielen uns die beiden musikalischen Clowns, der eine in der weißgetünchten Maske Kubeiks, dem Spiel nach war er selbst darunter versteckt. Der zweite, verkleidet als Rubinstein, spielte, wie der gespielt haben muß. Ja, ja, man muß Clown werden, um sich mit dem Publikum zu verständigen, und – damit man dran kommt. Ich habe Dir schon lange gesagt, Herwarth, ich trete auf als Aujuste und spreche so mit dem Gänseschnabel meinen Fakir und meinen Ached-Bey und meine Gedichte. Gangolf war bewegt darüber – er zeigte mir am Abend noch zur Zerstreuung sein Puppentheater. Er hat eine Stadt voll von Miniaturmenschen geschaffen. Auch seine Gemälde sind wirklich geformt vom bunten Blut der Farben. Leid tat mir, daß er sein hervorragendes Selbstbildnis zerstört hat, den Mann hinter dem Fenster, der über die Türme der Stadt blickt. Sie hat ihn verloren und er die Stadt. Wir wollen jetzt öfters zusammen wieder in die Variétés gehen. Du hast doch nichts dagegen, Herwarth? Ich grüße Dich!

Liebe Skiläufer!

Oder lauft Ihr nicht Ski? Wie ich noch so oberflächlich fragen kann, und bin in der größten Besorgnis, wo ich mein Manuskript unterbringe. Ich muß doch eine Familie ernähren, ich meine meinen Paul in allen Schmeichelnamen. Er will nun endlich eine Lokomotive mit vier oder vierzig Volt elektrischer Kraft haben oder einen Dampfkessel, der täglich hundert Kubikmeter verträgt, fünfzig Pferdekraft stark ist. Ich bitte ihn gar nicht mehr um Einschränkung seiner Wünsche; er wird wütend über meine Unwissenheit in technischen Dingen. Ich glaube, er ist Edison, und er wartet nur noch *einen* Monat höchstens, dann soll ich mir einen Laden aufmachen und alles einen Pfennig billiger verkaufen. Vielleicht hat er recht, auch verwirft er meine Bücher und mein Schauspiel habe ich von Schiller abgeschrieben. Ihr müßt nur seine Modelle für sein neues Luftschiff sehen, er erklärt mir unermüdlich von Propellern. Morgen muß ich alles auswendig wissen. Ich hab mir was geboren!! Wo bring ich nun schnell mein Manuskript unter? Erkundigt Euch doch mal in Norwegen nach einem blutmutjungen Verleger. Heut nachmittag geht Paul mit Hüne Caro aus, sie haben beide zusammen eine Braut.

Liebe Jungens!

Ich habe Frau Franziska Schultz besucht. Ihr Schutzhaus für den Neugeborenen ist so osterlich. Lauter kleine rosarote Zuckerostereier gucken nebeneinander versteckt aus weißen Kissen. So rei-

zend ist das anzusehen, und ein Negerküken liegt auch dazwischen – geradezu Schwarzweißkunst. Ich wollt, ich wär auch noch mal klein. Manchmal wünscht ich mir wirklich, jemand führte mich spazieren und ich wär erst vier Jahre alt. Die Zeit drückt, die meisten sterben an der Zeit. Darum sollte man sich viel in seine Kindheit zurückversetzen.
Ich möchte Euch heut abend nur sagen: Berlin ist eine kleine Stadt, täglich schrumpft sie mehr und mehr ein. Groß ist eine Stadt nur, wenn man von ihr aus groß blicken kann. Berlin hat nur ein Guckloch, einen Flaschenhals, und der ist auch meist verkorkt, selbst die Phantasie erstickt. Gute Nacht!

Liebe Brüder!
Ich bin außer mir, der Pitter Boom, den ich berühmt im Sturm gemacht habe, – schreibt mir folgende wörtliche Ansichtskarte: »Liebe Tino, wenn ich auch finde, daß zu Ihnen alles paßt, so paßt mir doch nicht alles. Sehr muß ich bitten, endlich meine Familie aus dem Spiel zu lassen. Ich las im Sturm den plattdeutschen Brief. Herzliche Grüße aus Hiddensee. Peter Baum.«
Habt Ihr Worte – vielleicht irgendwelche Nordpollaute? Ich brauche sie, meinen Zorn abzukühlen. Aber ich weiß etwas, was Ihr nicht wißt. Aber ich habe einen Eid geleistet, es nicht wiederzusa-

gen, trotzdem es mich eigens betrifft. Warum verteidigt man sich selbst eigentlich, man sollte doch gegen sich nicht argwöhnen. Ich bin ganz unglücklich, daß ich es keinem Menschen sagen darf. Wenn mich doch ein Geschöpf dazu zwingen würde! Oder wenigstens Peter Baum käme, und ich es in die Natur schreien könnte. Seid Ihr nicht neugierig?

Liebe Kameraden!
Mein Eid wurde eine Zwangsidee, oder vielmehr ich konnt ihn nicht bezwingen. Der verdammte Cajus-Majus kam mir heut am Spittelmarkt entgegen, wo der Krögel ist, und sagte, ich sähe aus, als ob ich an Depressionen leide. Seine Mutter aber fand (Dr. Hiller hat doch eine ganz jugendliche, reizende Mutter), ich sehe ganz munter aus. »Das bin ich ja gerade, selig bin ich, und kann keinem Menschen sagen warum. Meine Kusine Therese aus der Tiergartenstraße hat mir vorige Woche zweihundert Mark geschickt. Ich sollt mir aber keinen Mohrenmantel kaufen!« Mutter und Sohn haben mir versprochen, es niemandem wiederzusagen. Ich setzte mich dann erleichtert, noch dazu mit dem Rest der zweihundert Mark, an die Spree hin. Alle diese praktischen, unnotwendigen Sachen, die ich für meine Millionen bezahlt habe – den Mohrenmantel besäße ich wenigstens noch! Müßten mir nicht die Leute alle Tribut zahlen?

Der Krögel ist ein gerechter Ort, der Krögel ist der schönste Aufenthalt in Berlin; so denk ich mir die Fjorde von Norwegen, wie der Blick auf die plötzlich unerwartete, daliegende Spree mit einem Schuß am Ende des schmalen, alten, zerschlissenen Gassenarms. Nur Fahnen wehen wohl an den Ufern der Fjorde – hier stehen über Nacht die kleinen blau und weiß gestreiften Eiswagen, die gefrorenen Himbeer- und Maikrautsaft für die armen Kinder enthalten. Wenn Ihr eine Rose seht, sagt, ich laß sie grüßen.

Warum ich Euch nichts mehr vom Bischof erzähle? Ich spräche nur immer von mir, sagt er. Ich glaub, er hat es über. Dabei entdeckte er nur in mir ein kleines Dorf, nicht einmal eine meiner Städte hat er erobert. Hunderttausend Meilen war er immer von Bagdad entfernt. Aber wer weiß von meinem Herzen? Alle nur immer auf der Landkarte. Ich liege zwischen Meer und Wüste, ein Mammuth. Mein Bau ist furchtbar und vornehm. Erschreckt bitte nicht. Aber ich muß mir wirklich abgewöhnen, immer von mir zu sprechen, wie Kokoschka in Wien, der spricht darum gar nicht. Denk mal Herwarth, das Plakat der Neuen Sezession war im Café. Das ist ja Pechsteins Frau. Eine Indianerin ist sie wirklich, des roten Aasgeiers wunderschöne Tochter; sie ist malerisch wildböse, sie trug ein lila Gewand mit gelben Fransen. Und noch viele Maler waren heute im Café: Berneis, Ali Hubert, der Himmelmaler, und Fritz Lederer. Der ist der Sohn von Rübezahl. Er und seine nagelneue Frau zeigten mir ihre junge Wohnung; ich mußte mit ihnen Tee trinken. Aus seinem Atelier kams immer so frostig durch die Ritzen der Türe. Er malt nur Schneebilder. Du kannst Schneebälle machen von dem Schnee, der auf dem Riesengebirge seiner böhmischen Heimat liegt. Ich trink jetzt abends immer Tee dort.

Depesche.
Walden-Neimann. Norwegen. Hotel Seehund. Hiller, Kurtz, Hoddis sind wieder ausgesöhnt. Else.

Liebe Kinder!
Ich kam ins Café, ich traute meinen Augen kaum, saßen alle wieder ausgesöhnt beisammen. Auch Blaß war unter ihnen und Golo Ganges. Ich schlich schnell an der versammelten Literatur vorüber. Rudi Kurtz sprach gerade vom wilden Mythos meiner Wupper. Wie konnte ich je auf ihn schimpfen! Da hört sich doch alles bei auf! Soll noch einmal ein Mensch ein böses Wort auf ihn sagen. Addio!
Heute ist St. Peter Hilles Namenstag. Mich fragte ein Fremder, wie St. Peter Hille ausgesehn habe. Der Frager war ein Astronom und machte sich den wahren, strahlenden Begriff von ihm. Warum ich

nicht an seinen Feiertagen zu seinem Grab pilgere – wenn ich Maria oder Magdalena wäre – aber zwischen uns war selbst nicht die Intimität der Träne. Ich warte ehrfürchtig, bis der Prophet mir erscheint. Ebenso, meinte der Astronom, wie ich dieser Himmelserscheinung harre, erwarten sie den Kometen. Aber daß St. Peter Hille einmal ein Engel begegnete auf dem Felde, das weißt Du wohl nicht, Herwarth? Wie er mir das sagte, waren seine braunen Augen himmelblau und ein Blinder, der unserm Gespräch lauschte, vertraute mir später verzückt, er habe *sehen* können, während der Prophet die Geschichte des Engels erzählte. Ich möchte etwas darum geben, wenn er die Melodie, die Du seinen Gedichten weihtest, vernehmen würde; er konnte sich freuen; und meine Bibel, das Peter-Hille-Buch, hätte er immer in seiner großen Manteltasche getragen und nachgeschlagen, wenn er etwas über sich vergessen konnte. Manchmal vergaß er wahrhaftig, daß er ein Prophet war. Wir müssen St. Peter Hille einen Tempel bauen, wer hätte so ein mächtiges Herz, ihn darin ganz zu gedenken. Deine Tempelbauerin. Grüße Kurtchen.

Der Sezessionsmaler Hernstein glaubt wahrhaftig, er ist der Bischof. Ich habe selbst schuld, nannte ich ihn doch stets den feinen jüdischen Kardinal. Er findet außerdem, meine Korrespondenz schwäche ab, ich schreibe gar nichts mehr zum La-

chen. Nun weiß ich aber wieder was zum Lachen. Der »wirkliche Bischof« fragte mich, ob er mir seine Freundin vorstellen dürfe? Als meine Erkundigungen nach ihren Vermögensverhältnissen ungünstig ausfielen, antwortete ich meinem Bischof, daß ich mir diesen Luxus nicht erlauben könnte. Ich bringe direkt ein Opfer, meine Freunde, denn seine blonde Lacherin dünkt mich eine Schelmin, aber ich kann doch nicht *alle* Menschen in meiner bösen finanziellen Lage umsonst kennen lernen. Ist das nicht zum Lachen?
Rudolf Kurtz schrieb mir heute morgen einen Brief im Zeitstil Kleists. Aber ich las deutlich eine Unzufriedenheit aus seinen Zeilen deswegen auf Umwegen meiner Depesche, die ich Euch sandte des Bündnisses Hiller Hoddis Kurtz usw. usw. wegen. Und dabei war sie doch kurz gehalten, ganz in seiner enganliegenden Schreibweise. Sein letzter Aufsatz (ich glaube in der Gegenwart) war direkt inhaltlich ein geistvolles Buch von zwei Seiten. Aber destomehr hat die Versöhnungsdepesche Max Fröhlich gefallen, verehrte Pelzvermummte. Er malt, wie ich dichte. Ich liebe ihn dafür unaussprechlich, meine Liebe überträgt sich auch auf seine Frau, die ist Bildhauerin, das wißt Ihr doch? O, seine mannigfachen Buntheiten an den hellen Wänden! Wer denkt da an Linie; ebensowenig, wie man der Sonnenflecke Umrisse nachspürt. Alle die spielenden Farben wirft die

strahlende Phantasie seiner Kunst. Die Kete Parsenow, die Venus von Siam, liegt auf seidenem Grund, eine Kostbarkeit im goldenen Etui des Rahmens!
Wißt Ihr, wer plötzlich in den Saal trat, als Gertrude Barrison tanzte? Minn! Aber er versteht die Tänze des Abendlandes wie ich nicht; nur bei Gertrude mache ich eine Ausnahme. Die letzte Schöne der Tänzerinnen Barrisons bewegt sich interessant und anmutig, und ihre Gewänder sind seidene Geheimnisse weißer Marquisperückenzeiten. Alle Schauenden waren entzückt.
Heute traf ich den Bischof auf der Spreebrücke. Ich war von seinem plötzlichen Erscheinen sehr beglückt; ich hatte den ganzen Tag wieder die unbegreifliche Angst, und mein Herz zuckte kaum mehr. Und ich sah schon Farben, die nicht vorhanden waren. Freute mich, daß der Bischof keine lehrreiche Methode anwandte, mich zu beunruhigen. Er besitzt einen sanften Willen, den er ähnlich wie Du, Herwarth, auf mich zu übertragen vermag. Zwar begreift er nicht, daß zwischen vorsintflutliches Mammuth eine flatternde Taube bangen kann. Wie kommt wirklich meine Seele zu der rührenden Hilflosigkeit? Ich habe nämlich bemerkt, daß selbst der roheste Mensch bewegt wird von meiner Angst. Nun spiel ich oft die Angst, wenn ich mir zu schwer werde. Ich muß doch etwas von den Stunden meiner Pein haben. Und wir

stiegen herauf in des Bischofs Einsiedlerklause. An den Wänden hängen düstere Gedanken, schwermütige Gebilde. Ich setzte mich in einen großen Stuhl und versuchte, noch nicht ganz beruhigt zu sein, und betrachtete meinen Retter zwischen halbgeschlossenen Augen. Der Bischof hat Züge aus warmgetöntem Stein, seine Augen sind hartblau und manchmal stählern sich seine Brauen. Er begann meine Hand zu streicheln, er weiß, ich liebe Zärtlichkeit, beantwortete sie auch mit verlegenen Rauheiten. »Wo sind Sie jetzt augenblicklich?« fragte mich der Bischof. Ich saß nämlich gerade am Ende einer rissigen Straße in Cairo – vier Jahre zähl ich – im zerrissenen Kittel, auf dem unfrisierten, geschorenen Kopf trage ich einen verschossenen Fez und meine Augen sind verklebt von tausendabertausend winzigen Insekten. Diese kleinen geplagten Kinder hab ich so oft gesehen am Graben der Straßen sitzen und betteln; »süßer Bischof, seitdem bin ich auch oft so ein verwahrlostes Eselstreibers-Kind.« Er schenkte mir einen Piaster, es war in Wirklichkeit ein goldener Pfennig, ein Glückspfennig, ich ließ ihn tanzen auf der Innenfläche seiner Hand; da wurde er eine kleine glühende Erdkugel, bis sie zur Erde fiel. Da haben wir uns geküßt, Herwarth; findest Du das schlimm? Ich war dabei schrecklich traurig, dachte an die vielen pochenden Heimate, die ich schon im Leben verlassen hatte, die alle die

Farbe meiner Liebe trugen. Überall ruft mich ein Tropfen meines Blutes zurück. Nun aber hier in der kleinen Einsiedelei, im höchsten Stockwerk, komm ich wieder zu mir, ich strahle zusammen unbeengt. Der Bischof meint zwar (er vergißt manchmal seine neue Würde), er sei strafbar, daß er mich küßt. Du könntest ihn anzeigen und es stände Gefängnis darauf, betonte er energisch, da er wahrscheinlich meine Offenheit fürchtete. Ich antwortete? Und wenn –! Und dachte dabei, Herwarth, diese abkühlende Antwort habe ich von Dir.

Ob ich mir das nur einbilde – Dein Doktor möchte mir eine Falle legen. Dabei kann ich doch nicht offenherziger sein, als in den Briefen an Dich und Kurt. Aber schon einige Male setzte sich ein Bekannter des Doktors in die nächste Nähe meines Tisches. Das wäre ja noch kein Beweis meiner Vermutung, aber der Bekannte sieht aus wie ein Hase und einer seiner Löffel ist schon abgenutzt vom Lauschen. Wie mystisch ist es doch, mit einem Menschen ehrfürchtig böse zu sein. Es liegt eine tote Stelle zwischen uns, darauf nichts mehr blühen kann, aber wir bringen der Grabstätte unserer Feindschaft Pietät dar – manchmal in Form von bunten Immortellen. Ob der Doktor auch schon mal etwas Ähnliches gedacht haben mag? Es bringt mir niemand von ihm Kunde. So muß es nach dem Tode sein, wir sind uns im Leben schon gegenseitige Geister geworden. Er erscheint mir oft in Rollen, manchmal als überlegener, höherer Geist, der verneint. Als Samiel erschreckte er mich neulich am Ufer der Spree, als ich heimlich auf den Bischof wartete. Schlank ist er, gemmenhaft sein Schatten, überraschte er mich als einer der ermordeten Könige Richards im Traum. Habe ich Ähnlichkeit im Wesen mit einem Bluthund? Nun ist der Winter meines Mißvergnügens – ich habe sogar die schlimmen Sommer auch alle durchgemacht. Euer Shakespeare.

Liebe Beide!
In einem Restaurant der Friedrichstraße saß unser Doktor, Herwarth. Ich wollte dort nur telephonieren, aber da ich ihn bemerkte, schlich ich auf die Gallerie und betrachtete ihn aus der Vogelperspektive. Er war allein, sonst nur abgedeckte Tische. Drum begann er wieder zu summen und es war seine Stimme, die bald an den Säulen des Saals brandete. Ich begreife nicht, was ihn noch von den Konzerten abhält. Er ist natürlich kein Heimatsänger, wie die dekorierten Vögel alle, zwitschernder, musizierender Blätter-Wälder. Des Doktors Stimme ist stellenweise noch ungeheftet, ich konnte manche von den schwarzen Perlen in die Hand nehmen. Wüllners Töne sind alle schon geordnet auf Golddrähten, die Meeresstimme des Doktors wäre auf Taue zu reihen. Diese Erkennt-

nis sollte sein Lehrer besitzen. Du mußt ihm die letzten Zweifel nehmen, Herwarth.

Lieber Herwarth!
Ich habe den Pitter Boom gemalen für den Sturm. Seitdem er sich den ganzen Hiddenseesommer nicht um mich bekümmert hat, sieht er gar nicht mehr aus wie ein Großfürst, sondern wie ich ihn in der Katerstimmung als Langohr gemalen hab. Ich zeigte ihm sein Bild, aber er weigerte sich, das Cliché zu bezahlen. Nun wende ich mich mit diesem Brief an seinen Vetter. Bitte, Herwarth, mach Du die Kommas; der ist gebildet, er schrieb ein mathematisches Buch über Geburten und Todesfälle.

»Geschätzter Herr. Sie sind doch der Johannes, dem Peter Baum sein Kuseng? Ich bin seine Freundin Amanda und geh in die Knopffabrik auf Arbeit, und bin nicht wie sie in die höhere Töchterschule gegangen in Elberfeld und das Hochdeutsch macht mich Kopfjucken. Sie sind einer von den Vornehmen und darum spenden Sie wakker zwei Thaler für das Cliché Ihres Cusengs Peter; sonst kann seine Visage nicht abgekleckst werden. Der Peter hat mir im Vertrauen in der Lämmerstunde auf Ihnen aufmerksam gemacht, Herr Johannes. Und ich grüße Ihnen freundlich und schaffen Sie sich einen Bullenbeißer weniger an und füttern Sie Ihre Wachteln mit Teufelsbee-

ren, und trinken Sie sich einen Schoppen auf mein Wohlsein. Ihre Amanda Wallbrecker, aus Elberfeld Grüne Pumpe an der Klotzbahn 86.«

Lieber Junge!
Den ganzen Tag erwarte ich den Geldbriefträger, daß er nicht mit den Talern in Dein Bureau rennt. Ich hab nämlich vor, in den Zirkus zu gehn, und ein guter Platz kostet drei Mark; und den Slawen will ich dazu einladen, damit er sieht, daß es nicht nur Rindvieh gibt auf der Welt, er ist nämlich verbohrt in sich. Ich bin mißlaunt, die Menschen, die ich für Menschen hielt, sind auch keine Menschen; die Liebe erdrosseln sie mit ihrem Ehrgeiz. Und die Liebe, Herwarth, Du weißt doch, was ich von der Liebe halte, wäre sie eine Fahne, ich würde sie erobern oder für sie fallen. Gute Nacht.

Herwarth!
Denk mal, die zwei Taler sind eingetroffen und noch ein Abonnement auf den Sturm dazu. Siehst Du, ich bin ein Großkaufmann. Stell mich an, Du wirst ja nie den Handel verstehn, und ich möchte nicht warten, bis der Sturm alles niedergefällt hat. Ich hab meinem Pitter Boom noch ein Wörtchen zu seinem Gemälde dazu geschrieben:

Pitter!
Dat De so een dommer Moolesel böß, nä, dat han eck nich gedacht. Wie kannst De meck nu so eene

alberne Karte schriewen ut Hiddensee! Doför möß De bestraft wörn. Eck wörd nu all Dinne Extravaganzen on Hokospokos an Dinne ganze heelege Familie en usse Vorwärts brengen. Ook Dän artegen Bruder Hugo wörd eck entlarven. Dat glöw eck Oenk, dän Sommer on dän Herbst en die Badeörter herömflanieren, on die Portemaries dän Lüten ut de Mäntels kiebitzen, on eck sitt hier biem leeren Kochpott. Van wäm häst De dann dat Geld all? Völleecht van Ding Tante ut die Waffelbude oder van die Riesendame? Die Erbschaft Dinnes Urgroßvatters, däm Derektor on Professor vom Olympiaflohtriater, häst De doch opgefreten on Deck heemlich doför eene nue Hohse on eenen Schabbesdeckes gekauft? Genau wie en Pastor stehst De met der longen Piepe im Muhl vor die Thöre van Dinne Filla op die Groschenkarte on de Hugo kickt ut däm Fenster wie Ding Hilfsprädeger. On eene Eölsharfe steht ook op däm Dach; wer speelt die? Dinne tröhe Amanda.

Liebe Jungens!
Cajus-Majus hat mir gesagt, er habe Willi Himmel aus Regensburg zum »Gnu« eingeladen. Im Café Austria findet der Cabaret-Abend statt. Es wäre wirklich nett, wenn Willy Himmel käme. Er erinnert mich an den Primaner, den meine älteste Schwester gnädig, wie ihre Kleider mit den vielen Bändern, meiner zweiten Schwester vererbte, be-

vor sie ins Pensionat kam. Der hatte, wie der Regensburger Student, große, kluge Augen und war kein Spielverderber und hieß auch genau wie er. Ich bin mit dem Auto ins Cabaret gefahren, ich fühle mich ernstlich krank. Ähnlich wie Känguruh hört sich »Gnu« an. Aber interessant war es dort, tausend Menschen kamen und immer wieder tausend, die Einlaß begehrten, und da war kein Platz mehr zu finden. Ich erklomm die Bühne und setzte mich in einen erhabenen Sessel. Mit meinem Kolossalsaphir am Finger (höherer blauer Glasscherben), präsentierte ich Leo den Siebenundzwanzigsten. Das meinte auch Cajus-Majus. Alsbald begann die Lyrik.

Herwarth, Kurtchen!
Zeppelin kommt wieder über unserm Haus vorbei. Ich sitz eingeschlafen am Schreibtisch, wird plötzlich die Erde aufgerollt – modernes Gewitter, die Welt geht unter, ich hab keine Zeit mehr, die Koffer zu packen. Wahnsinnige Stimmung in der Luft; Meer rauscht über unsern Dächern und Häusern – wo ist Himmel geblieben, wo will der Walfisch da oben hin gemächlich durch die Wolkenfluten. Adieu, adieu, ich lauf rasch hinunter auf die Wiese. Else.

Heute nur ein paar Neuigkeiten!
Erstens: Dr. Alfred Döblin hat sich als Geburtstagshelfer und noch für »alles« niedergelassen.

Auf seinem Schild in der Blücherstraße 18 am Halleschen Tor steht geschrieben, daß er Oberarzt am Urban war. So eine Reklame!
Zweitens: Leonhard Frank hat wieder einen himmelblauen Mädchenleib gemalt, nun glaube ich wirklich an seine Satanerie!
Drittens: Scherl will mich für die Verbreitung der Gartenlaube in Tripolis anstellen. Ich wohne bei Enver Bey.
Viertens: Der unvergleichliche Baron von Schennis war gestern nacht wieder im Café.
Fünftens: Alle Jungfrauen Berlins hat Poiret eingeladen zu seiner Ausstellung bei Gerson. Die sammelten sich, eine Mauer zur Rechten und Linken des Durchgangs. Zwischen blond und schwarzem Frauenhaar, ein Spalt der noch zu haben war, sah ich die Mannequin wundersam. Sie war nicht in der Stadt geboren, man wußte nicht woher sie kam.
Sechstens: Das Café und alles, was drum und dran liegt, Berlin und Umgegend, grüßt Euch Möwen!

Hört nur, Kokoschka wird steckbrieflich verfolgt in der Neuen Freien Presse; er wirkte doch immer schon rührend, fing er von der Villa an zu simulieren, die er seinen Eltern schenken würde. Er aß sich nur immer objektiv satt aus Idealzweck. Tut mir wirklich leid! Wenn er mich auch nicht leiden mag. So bin ich ja gar nicht! Ein Modell, ein Holz-

häuschen, soll er in der Nacht vom fünfzehnten auf den sechzehnten Oktober einfach gestohlen haben. Ich schneide Euch hier sein Bild aus, es ist dilettantisch gezeichnet und gerade seine charakteristischen Verbrecherzüge sind gemildert. Ob er sich auch in einer guten Pension versteckt hält, die für ihn sorgt? Rattke, der Ober vom Café, bei dem er hier in Berlin gewohnt hat, meint auch, wenn er nur gut wo verpflegt wird.

Lieber Herwarth!
Ich habe dem Dalai-Lama in Wien für die Fackel ein Manuskript geschickt. Hier die Abschrift.

Wertester Dalai-Lama, sehr geehrter Minister! Ich möchte Ihnen etwas vom Himmel erzählen, den ich meiner Mutter widme.

Vom Himmel
In sich muß man ihn suchen, er blüht am liebsten im Menschen. Und wer ihn gefunden hat, ganz zart noch ein blaues Verwundern, ein seliges Aufblicken, der sollte seine Blüte Himmel pflegen. Von ihr gehen Wunder aus; unzählige Wunder ergeben Jenseits. Könnte ich nur immer um mich sein, der himmlischen Beete möchte ich ziehen. Wie man versöhnt mit sich sein kann, und Eigenes sein Ewiges küßt. Hätte ich je einen Menschen so unumstößlich erlebt, wie ich mich! Zweitönig Po-

chen, vertrautes Willkomm. Rundeilen meine Gedanken um mich, um alles Leben – das ist die große Reise um aller Herzen Schellengeläute und Geflüster, über Wälle, die Jubel aufwarf, über Gründe der Versunkenheit; und falle in Höhlen, die der Schreck grub – und immer seine Herzstapfen wiederfinden, seinen Blutton, bis man den ersten Flügelschlag in sich vernimmt, sein Engelwerden – und auf sich herabblickt – süße Mystik. Und irrig ist, den Himmelbegnadeten einen Träumer zu nennen, weil er durch Ewigkeit wandelt und dem Mensch entkam, aber mit Gott lächelt: St. Peter Hille. – Was wissen die Armen, denen nie ein Blau aufging am Ziel ihres Herzens oder am Weg ihres Traums in der Nacht. Oder die Enthimmelten, die Frühblauberaubten. Es kann der Himmel in ihnen kein Licht mehr zum Blühen finden. Aber Blässe verbreitet der Zweifler, die Zucht des Himmels bedingt Kraft. Ich denke an den Nazarener, er sprach erfüllt vom Himmel und prangte schwelgend blau, daß sein Kommen schon ein Wunder war, er wandelte immerblau über die Plätze der Lande. Und Buddha, der indische Königsohn, trug die Blume Himmel in sich in blauerlei Mannigfaltigkeit Erfüllungen. Und Goethe und Nietzsche (Kunst ist Reden mit Gott) und alle Aufblickenden sind Himmelbegnadete und gerade Heine überzeugt mich, Himmel hing noch über ihn hinaus und darum riß er fahrlässig an den

blauen Gottesranken, wie ein Kind wild die Locken seiner Mutter zerrt. Hauptmanns Angesicht und auch Ihres, Dalai-Lama, wirken blau. Den Himmel kann sich niemand künstlich verdienen, aber mancher pflückt die noch nicht befestigte, junghimmlische Blüte im Menschen ab. *Das sind die Teufel.* Ihr Leben ist ohne Ausblick, ihr Herz ohne Ferne. Der Nazarener am Kreuz wollte dem Teufel neben sich noch eine sanfte Wolke, einen Tropfen Tau seines Himmels schenken. Doch eher ist ein Taubstummer zu überzeugen, als ein Glaubdummer. Der ist ein Selbstverbrecher.
Man kann nicht in den Himmel kommen, hat man ihn nicht in sich, nur Ewiges drängt zur Ewigkeit. Es öffnet sich dem Himmelblühenden *nicht* wegen seiner guten Taten der Himmel, verdammen ihn auch nicht seine schlechten Handlungen zum Staube. Der Himmel belohnt und verdammt nicht. Aber Wertewiges bedingt den Himmel. Der spiegelt sich gerne im Menschen, unbegreiflich, wie Gott selbst. Reich und besonnen ist der himmlische Träger. Die Wunder der Propheten, die Werke der Künstler und alle Erleuchtungen, auch die unberechenbare Spiellust im Auge steigen aus der Ewigkeit, der bleibenden Bläue des Herzens. Manchmal überkommt mich eine schmerzliche Verantwortung, aber man kann nicht tief genug in sich schauen und zum Himmel aufblicken.
Die Gottheit im Himmel ist nicht zu greifen, sie

wäre bald vergriffen – die Ewigkeit ist nicht einmal zu verkürzen. Die Gottheit Himmel im Menschen ist Genie.

Leben Sie wohl, sehr verehrter Minister, mein Himmel macht mich nicht glücklich im irdischen Sinne, ich kann ihn nicht teilen. Wunderbar aber spielen sich die tiefsten Erinnerungen meines Blutes in dem Glanze meines Blaus wieder. Fata-Morgana. Spätes Verwundern, seliges Aufblicken. – Tragen Sie den Saphir meiner blauen Abendstunden zum Andenken an Ihrer grübelnden Hand.

Herwarth, Kurtchen, Kameraden, Brüder!

Habt Ihr an alle Direktoren der Theater im Pan den Kriegsruf von Rudolf Kurtz gelesen? Er hat über meine eingetrocknete Wupper eine Flut gebracht – ich hatte mich auch schon zu Bett gelegt. Aber nun trage ich meinen krummen Samtsäbel an der Seite, den mein Neger Tecofi zur Theaterstatisterei trägt. Wa kadâba kabinâhu hinâma raga utu dalik, lia nahu jakrah anisâ a wahalakuhunna!!!

Der Pitter Boom hat mir sechs Honiggläser (Gühler und Biene) für sein Bild gesandt. Ich summe nun den ganzen Tag für mich hin. Aber Kokoschka läßt kein Wort von sich hören. Überhaupt, ich bin des Lebens müde. Ruth machte mir den Vorschlag, für mich an Kokoschka zu schreiben, er habe so reiche Gönner (?). Aber ich kenne ja ihren Stil und nahm ihr die Mühe ab.

Sehr geehrter Herr Kokoschka!
Eigentlich sollt ich Ihnen böse sein, denn Sie haben es nicht einmal der Mühe wert gehalten, nachdem Sie stets die größte Gastfreundschaft in unserem Hause genossen hatten, sich zu verabschieden. Aber man kann Ihnen nicht böse sein. Das sagte ich gestern noch zu Frau Lasker-Schüler, die sehr krank im Bett liegt. Schreiben Sie ihr doch eine Zeile, daß Ihnen Ihr Bild Freude gemacht hat – sie ist doch ein so geliebtes, armes Geschöpf und hat so für Sie geschwärmt. Es geht ihr sonst auch gar nicht gut. Von mir weist sie jeden Happen zurück, sie ist ja so eigensinnig. Aber könnten Sie nicht in zarter Weise etwas für sie bei Ihren Freunden erzielen? Ich bitte herzlich um Diskretion, geehrter Herr Kokoschka, Sie wissen doch, wie empfindlich sie ist. Und verbleibe mit freundlichen Grüßen Ihre Jephta Elfriede Caro.

Internationale Postkarte.
»Schweigt mir von Rom –«

Liebe Eiskühler!
Der Bischof und ich sind entzweit, er behauptet, ich habe ihn mißbraucht. Wie mißbraucht man jemand? Ich möchte so gerne wieder mit ihm gut werden und ihn am besten selbst fragen. Herwarth, schreib Du ihm ein Wort! (?) Herrn Architekt Gregor Münster, Hildebrandstraße 11. – Er

wollte mich ja auch hauen, ich meine in Stein als Freske. Vielleicht komm ich wo an ein Haus. – Gestern setzte ich mich an seinen Tisch, er trank Kümmel und Syphon. Ich rief Otto, der brachte mir auch ein Glas, als ich es mit dem fremden Syphon füllte, mußte der Bischof sich das Lachen verbeißen. Aber er sprach nicht mit mir. Er erzieht mich reizend. Oder er hat Charakter; wie man so sagt, wenn man seine Eigenschaften eingeschachtelt mit sich trägt. Also er ist berechenbar; ich bin unbequemer und schwieriger. Ist das eigentlich nicht vornehmer? Oder er tut nur so mir gegenüber und verfolgt Deine Taktik, Herwarth, wenn Du den Beleidigten spielst. Du weißt, Brüche werden mir schwer. Was man so alles durchmacht!

Ich war heute als Petz verkleidet im Café. Ein Autolenker hatte mir sein Fell geliehen. In dem hinteren Raum saßen die Theaterheimkehrenden. Am Nebentische debattierten die Oberlehrer; bei Professor Cohn würde ich heute noch Latein lernen. In der kleinen Sofaecke aber schlummerte Höxter, er läßt lässig die Fransen über die Augen hängen. Sein antiker Rock zerbröckelt schon, aber grünseidene Strümpfe trägt er in Lackschuhen. Neben ihm saß Frau Spela leise, eine heimliche Schnecke, fein zusammengeballt. Mondscheinfarbene Parkstimmung. Aus dem Zentrum des Cafés lacht Fritz Lederer-Rübezahl mit seiner Frau, die hat einen kühlen, vornehmen Spürsinn und Augentulpen, die blau sind. Und denke, Otto Freundlich aus Paris ist hier wegen der Neuen Sezession, er betrat mit Gangolf zusammen das Café, der kommt immer aus Italien, ob er von Friedenau oder Florenz anlangt. Cajus-Majus brummte ich einige Male aus meiner Bärenhaut an. Auch Pechstein mit seinem Indianermädchen sah ich und M. Richter mit seiner Römerin. Und die vielen, die ein- und ausgingen, zuletzt kam unser lieber Direktor Wauer, der erkannte mich in meinem Gezott, ich schwitzte aber auch eine ganze Wupper.

Internationale Postkarte

Schweigt mir von Rom!

Lieber Herwarth und Kurtchen!

Daniel Jesus, der König von Böhmen, ist hier; ich meine Paul Leppin. Er hat einen neuen Roman gedichtet, er widmet ihn mir; er schrieb schon von Prag aus: »Liebe, liebe, liebe, liebe Tino.« O, welch eine liebe Überschrift, ein Lied. Ich möchte viele Leute nun so singen lehren.

Sehr edle Gesandte!

Ich, die Dichterin von Arabien, Prinzessin von Bagdad, Enkelin des Scheiks, ehemaliger Jussuf von Ägypten, Deuter der Ähren, Kornverweser und Liebling Pharaos, verleihe dem großen Essayisten Rudolf Kurtz den Elephantenorden mit dem Smaragd und die schwarze Krokodilzähnenkette erster Klasse.

Cohn reitet, Oesterheld hat sich eine Frau geheiratet, alles für meine Wupper. Dabei wies Cohn (Oesterheld hätte gern meine Essays genommen) mein neues Manuskript ab. Er könne sich dafür keinen Apfelschimmel zu dem Rappen kaufen. Ich stand vor seinem Gärtchen wie ein herausgeworfener Handlungsreisender mit der Rolle Muster unterm Arm. »Man soll so einen Kerl lebendig braten, oder das Genick soll er!« – Jedenfalls sandte ich ihm abends einen Abschiedsvers, daran er sich hoffentlich die Zunge zerriß:

Reiter und Reichsritter,
Bitter riß ich im Gewitter
Im Ginster vor Ihrem Gitter
Mein Manuskript in Splitter.
Brigitte

Heute bekam ich mit der ersten Post einen Brief aus dem Mäuseturm bei Bingen. Dort scheint ein Bewunderer Peter Baums zu wohnen. Aber, daß der Mensch keinen Spaß versteht!! Fragt mich dieser Mäusetürmer an, ob Herr Peter Baum wirklich ein Herumtreiber ist, er könne sich das gar nicht zusammenreimen bei der Großzügigkeit und Großfürstlichkeit seiner Romane und Schloßnovellen. Ich hab ihm seiner verständnisvollen Kritik wegen geantwortet: »Mein Herr, es ist mir kein Zweifel, Sie befinden sich in der Mause. Haben Sie denn noch nicht bemerkt, daß meine norwegische Briefschaft ein Massenlustspiel ist – allerdings mit ernsten Ergüssen, die bringt so der Sturm mit sich. Peter Baum hat mich besonders gebeten, die Rolle des Herumtreibers in meinem Werk zu spielen, um ganz unerkannt zu bleiben: Ich selbst, mein Herr, knüpfte ihm ein rotgemustertes Taschentuch um den Hals und steckte ihm eine Schnapsbulle in die zerschlissene Manteltasche. Im wirklichen Leben ist er viel langweiliger, es schmerzt mich, Sie etwa zu enttäuschen, er sitzt nämlich den ganzen Tag oben in seinem Zimmer und *arbeitet*. Ich verachte das an ihm, auch seine Genügsamkeit, aber er ist ein lieber, lieber, lieber, lieber Mensch, auch seine Mama; nur der Johannes, sein Kuseng, spielt den Baron auf meiner Drehbühne und ist von Beruf: Hundefänger.«

Hurrah, lieber Herwarth, liebes Kurtchen!!! Hurrah!
Meine Zwillingskusinen-Theresen schenkten mir einen Pelzmantel. Mein heißester Wunsch. Im Sommer werd ich ihn versetzen, schon der Hugemotten wegen.
Jakob van Hoddis, der Rabe, ist mit einer Puppe durchgebrannt. Immer saß er schon im Sommer auf dem Sims vor dem Schaufenster bei Friedlän-

der in der Potsdamerstraße 21 und schmachtete zwischen turmhohen Hüten und Rosenkapotten das süße Marquisechen an in den Pfauenpantöffelchen. Eine Seele, die für sechzig Mark zu kaufen war.

Herwarth!

Ich glaube, daß ich Dir keinen Brief mehr schreiben kann. Als ich heute draußen vor dem Café saß, überfiel mich ein wildfremdes Individuum im drohenden Mantel, ganz dicht kam es an mich heran, beinah rannte es die Stühle um an meinem Tisch vor Schwung. Ich hörte den Mann atmen wie Karl von Moor: ich sei eine bodenlose Schwindlerin, ich berichte über mich historisch falsch, ich treibe Blasphemie mit meinem Herzen – denn unter den vielen, vielen Liebesbriefen im Sturm verbärge ich nur den Ungeschriebenen. Ich war zu gerecht, den Mann von meinem Tisch zu weisen, ich ließ ihm sogar eine Zitronenlimonade kommen und legte ihm sogar von der Platte eine Schillerlocke auf den Teller. Er beruhigte sich, aber ich mich nicht, das kannst Du mir glauben, Du und Kurtchen, Ihr beiden kühlen Skageraktencharaktere. Ich hasse Dich plötzlich, lieber, guter Herwarth, und Dich, Kurtchen, auch und die vielen Leute im Café und die vielen lieb- und hassenswerten Menschen in der Welt! Steht Ihr nicht alle wie eine lebende Mauer zwischen ihm

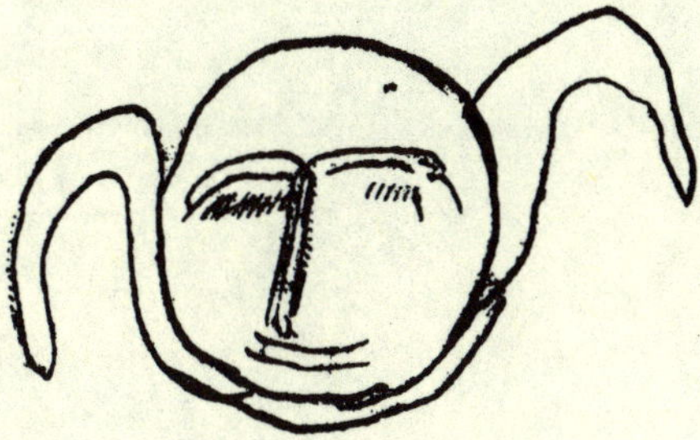

und mir. Und den wildfremden Räuber haßte ich auch, dem ich meinen »ungeschriebenen« Liebesbrief diktierte, bis er unter seiner bebenden Hand versengte.

Heute war der Bischof bei mir; wir flüstern bei jedem Zusammensein leiser. Ich bin so empfindlich am Herzen, ich höre mit meinem Herzen und das sanfte Sprechen tut uns wohl. Er saß an meinem Lager (Du Herwarth, ich habe mir direkt ein Zelt eingerichtet mitten im Zimmer) und spielte mit seinem Muschelbleistift; ich zeichnete mit dem Kohinoor den Mond auf, bis er schwebte – so: Zwischen der weißen Nacht des Papiers ganz alleine ohne Stern und Erde. Wie grausam man zeichnen kann, aber ich bat den Bischof, mit seinem rauschenden Bleistift ein Meer unter den Mond zu setzen. So geht es mir aber auch mit Nasen, die ich hinsetze oder Mündern oder halben Gesichtern, ich muß sie vervollständigen, damit ihnen nicht ein Sinn fehlt, und dabei versäumt man sich selbst so oft, und das Herz liebt so selten bis zu Ende. Herwarth, Du mußt auch flüstern lernen, man hört das Echo der Welt ganz deutlich. Wenn der Bischof und ich flüstern, werden die Wände leise und die Möbel erträglich, ihre Farben mild. Und die Spiegel der Schränke sind Bäche, und unsere Liebe ist ein Heimchen oder eine Grille, eine Pusteblume, daraus sich die Kinder Ketten machen.

Liebe Jungens!
Heut bekam ich eine Massenpostkarte aus dem Rheingold in Berlin:

Liebe, beste Frau L.-Sch.!
Sie werden von uns allen vermißt!!! Loos.
Liebe, unbekannte Frau!
Herr Loos hat über Ihnen solche Lobhudeleien gemacht, daß ich beinahe fürchte, Sie kennen zu lernen. Keine Dichterin in ganz Deutschland schrieb Verse wie die Frau L.-Sch., das ist das wenigste, was er sagt, und dann zitiert er den Tibet-Teppich von Morgen bis Abend. Aber hoffentlich sind Sie doch, wie er sagt. Und einmal werden wir uns doch begegnen. Viele Grüße Karin Michaelis. Arnold Schönberg. Webern. Beste Grüße Ludwig Kainer. Ada und Emil Nolde. Kurtchen. Bestens grüßt Albert Ehrenstein. Herwarth Walden. Döblin – immer mal wieder. Erna Reiß. Gustav Wallascheck. Hede von Trapp. William Wauer. Lene Kainer.

Also seid Ihr beide doch wieder in Berlin; ich habe das ganz vergessen, laßt Euch ja meine Briefe aus Norwegen zurückschicken. Else.

Der Dalai Lama meint, einige meiner Modelle haben nicht den Anspruch auf meine Kunst. Anders kann ich mir nicht des Ministers Worte deuten.

Aber es kommt ja nur darauf an, wie ich die Modelle zum Ausdruck bringe. Ich habe weiter nichts mit ihnen zu tun. Und meine Dichtung werde ich später verkaufen, meine Seele an einen Verleger verschachern, und dennoch hat der Dalai-Lama mir die Augen geöffnet; ich empfinde seitdem mein Dichterinnensein für ein Pfandleihtum, immer bewerte ich die Menschen, fast ohne Ausnahme, zu hoch. O, diese Verluste!

Lieber Herwarth!
Willst Du im Sturm veröffentlichen lassen, daß sich alle Vertreter unseres gemeinschaftlichen Cafés melden mögen, die den Wunsch hegen, nicht mehr in den Briefen an Euch erwähnt zu werden. Ich gewähre ihnen freien Abzug.

Lieber Herwarth und lieber Kurt!
Manchmal sieht Cajus-Majus aus durch das Telephon wie ein Posaunenengel, namentlich zur Ausposaunenstunde in der Dämmerung. Er sitzt mit zwei Flügeln an seinem Schreibtisch, dabei fliegt ihm so alles ins Fenster herein, wie aus dem literarischen Schlaraffenland. Immer gerad, wenn er eine ausgezeichnete Humoriade schreibt, komm ich dazwischen mit meinem verdammten Klingeln. Ich trage noch dazu ein Glöckchen um den Hals. Ich kann direkt manchmal ein Schaf sein. Was brauch ich ihn zu fragen, ob den Leuten

meine Norwegischen Briefe gefallen? Er wird immer jemand wissen, der streikt. Gestern hat sich Dein Doktor stirnrunzelnd bei ihm beklagt über sein Vorkommen in meinen Briefen an Euch. Da war ich ja nun platt. Ferner will sich ein Urenkel Bachs das Leben nehmen (er hat es Cajus-Majus versprochen), falls ich ihn erwähnte in meiner Korrespondenz. Schade um ihn, er hat ein rosiges glorreiches Lächeln um den Mund. Er wird sich nun in die Wellen des heiligen Franziskus stürzen, weil eine Dichterin ihm ein Ständchen brachte verwegen mitten im Sturm.

Lieber Kurt!
Er drohte mir gestern selbst. Ist meine Antwort juristisch einwandfrei?

Mein Herr!
Sie wollen sich das Leben nehmen, falls ich Sie im Sturm erwähne, oder haben Sie vor, mich indirekt auf die Idee zu bringen? Zumal Sie annehmen konnten, daß ich nicht sentimental bin, ich jedem seine Neigungen lasse, vor allen Dingen mirs nicht auf so ein Menschenleben ankomme. Aber bis jetzt kämen Sie für mich noch nicht als Modell in Frage weder als Portrait noch als Karrikatur. Zwar ist es mir schon gelungen, aus einer prüden Null ein Wort zu formen. Aber gedulden Sie sich, seien Sie guten Mutes. Hochachtungsvoll.

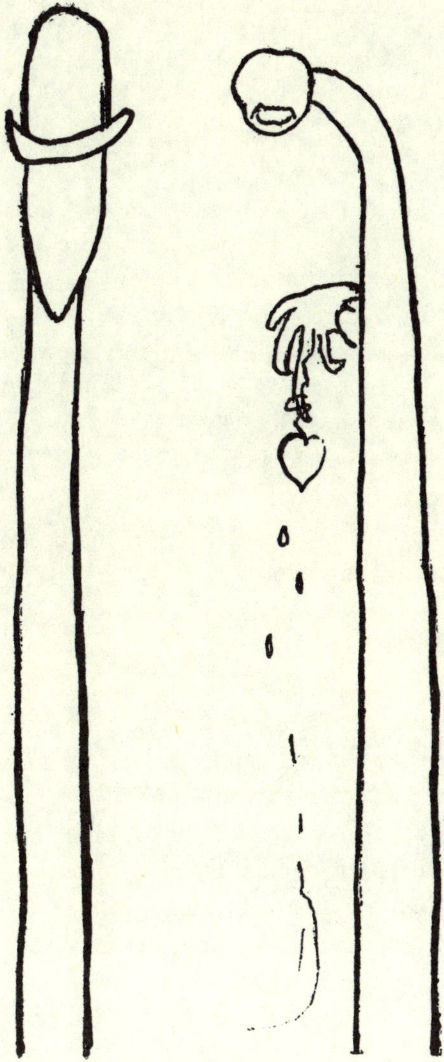

Herwarth!
Loos ist kein einfacher Gorilla, er ist ein Königsgorilla. Er fragte mich, ob er sich auch mal wieder selbst begegnen würde im Sturm? Weißt Du schon, er trägt vorübergehend einen Backenbart, der wirkt milde bei ihm, zur Schonung seiner reinen Gesichtszüge. Die meisten, die Bartbast tragen, wollen damit Männlichkeit markieren, oder breite Mäuler oder lange Kinne überwältigen. Adolf Loos erzählte mir Geschichten aus den afrikanischen Wäldern, seine Augen blickten voll ernster Anmut. O, er ist gütig und das ist Gotteigenschaft, das höchste, was man von einem Menschen sagen kann.

Liebe Kinder!
Ich habe Karin Michaelis geantwortet:
Karin.
Ich werfe zuerst ein Sternchen in das K Deines Vornamens und grüße Dich! Deine Bücher sind verschiedenfarbene Tauben, weiße, blaue, aber auch rote, dämonische Tauben und goldene und silberne Wirbelwindtauben sind darunter. Deine Bücher setze ich darum nicht in den Bücherschrankkäfig. Tino von Bagdad.

Herwarth!
Du kannst folgendes im Sturm veröffentlichen:
Unter blinder Bedeckung Heinrich Manns reichte

der Abbé Max Oppenheimer den Kritikern Münchens das Blut Kokoschkas.

Abbé Maler Oppenheimer muß heute meine Zeilen empfangen haben:

Lieber Max Oppenheimer!
Ihre ostentative Kleidung hat mir immer Freude gemacht dem eingefleischten Publikum gegenüber. Es lag nicht nur Mut, auch Geschmack darin. Ich ging doppelt gerne mit Ihnen in München in Ihre Bilderausstellung, aber es hingen nicht Ihre Bilder an den Wänden, sondern lauter Oskar Kokoschkas. Und da mußten Sie gerade mich mitnehmen, die Ihr Original kennt. Hielten Sie mich für so kritiklos – oder gehören Sie zu den Menschen, die Worte, Gebärden des Zweiten anzunehmen pflegen, darin Sie verliebt sind? Sie sind, nehme ich an, in Kokoschka verliebt und Ihre Bilder sind abgepflückte Werke, darum fehlt ihnen die Wurzel. Dabei besitzen Sie doch einen eigenen Garten. Das Bild Heinrich Manns hat mir ausnehmend gefallen wie eine glänzende Kopie und ich sah in seinen Farben und Rhythmen den Maler Oskar Kokoschka, nicht *Sie*. Steckt etwa Max Oppenheimer in *Kokoschkas* Bildern? Man kopiert doch ehrlich in den alten Museen die alten Meister und setzt nicht seinen Namen darunter. Kokoschka ist ein alter Meister, später geboren,

ein furchtbares Wunder. Und ich kenne keine Rücksicht in Ewigkeitsdingen, Sie sollten auch pietätvoller der Zeit gegenüber sein. Bin Ihnen sonst ehrenwörtlich wie immer gut gesinnt, Max Oppenheimer, lieber Abbé.

7. Dezember 1911 Else Lasker-Schüler.

Wer zweifelt an seiner Urwüchsigkeit? Er nimmt gern seine erste Gestalt an als bäurischer Engel. Ich ging heute in Begleitung meines Dienstmädchens durch die Friedrichsruherpeterbaumstraße in Halensee an den Bahnschienen entlang. Mein Dienstmädchen ist mein Galleriesonntagspublikum zu halben Preisen. Ich kann mich nie so recht, neben ihr gehend, meiner Gedanken freuen oder daran zu Grunde gehn, sie bringt mich immer aus meinen Inspirationen. Sie tut nämlich nur so, in Wirklichkeit ist ihr alles langweilig, aber sie hat sich schon an den Rhythmus der Bahnlinien meiner Sprache gewöhnt, wenn auch mit Hindernissen; manchmal entgleist sie, doch immer kommt sie über mich hinweg zu ihrem Schatz. Manche Menschen möchte ich wohl betrachten, wie die Gottwerke alter Dome und Tempel. »Nur St. Peter Hille konnte man nicht anblicken, er war unsichtbar, er war eine Sonne, die anblickte.« Ich erzählte sicher ohne Pathetik, ich sprach wie zu einem Kind und dennoch schäme ich mich seitdem vor dem Geschöpf; so habe ich mich in der Schule schon geschämt meiner schönsten Geschenke wegen; die Welt ist angefüllt von Dienstmädchen und Knechten (von armen und reichen, von gebildeten und rohen); der Deutsche verwechselt immer Rohheit mit Urwuchs; und doch würde mich eine Kartoffelknolle eher verstehn wie so ein urwüchsiger Mensch. Ich hasse die Liebe unter den Alltäglichen, wenn der Prophet noch lebte, ich würde an ihn einen Hirtenbrief schreiben, daß er die Liebe verbiete. St. Peter Hille war Ästhet. Lieben dürfen sich Tristan und Isolde, Carmen und Escamillo, Ratcliff und Marie, Sappho und Aphrodite, der Mohr von Venedig und Desdemona, Wilhelm von Kevlaar, Du, Herwarth, und Gretchen, Romeo und Julia, Faust und Margarete, Mephisto und die Venus von Siam, der weiße Panther und Joseph der Ägypter, Sascha der gefangene Prinz und Scheheresade – »er« nannte mich Scheheresade. Gute Nacht.

Liebe Kinder!
Heute besuchte mich der Bildhauer Georg Koch und brachte mir Chokoladenbonbons mit. Ich aß alle die süßen Dinger mit Marzipan und Zuckerfüllung hintereinander auf. Die waren in silbergrünes Papier eingewickelt mit Goldsternen. Ich spielte die ganze Nacht damit; erst trug ich einen Mantel aus dem seligen Märchenschein, dann standen meine Füße in silbergrünen Schuhen mit

Sternen, eine Krone glänzte in meinen Haaren, ich saß plötzlich im Zirkus mit Lorchen Hundertmarck, die durfte mich begleiten – das kleine Kutscherkind – ihr Vater fährt die Wagen spazieren von meiner allerliebsten Tante Johanna. Lorchen und ich sind beide zehn Jahre alt und schwärmen heimlich für Joy Hodgini; wir stoßen uns großblickend an und nennen ihn Traumbild. Es hat kein Mensch gehört, alles guckt in die große runde Manége und viele, viele Hände klatschen. Lieschen Hundertmarck hat eine Kommode, darauf stehen: ein Muschelkästchen, in seinem Spiegel starrt der goldene Porzellanengel vom Sockel. Ein kleiner, blauer Glasleuchter mit einer gelben, gerippten Weihnachtskerze, und ein Wachsherz auf einer Karte liegt neben einem glitzernden Osterei, man sieht darin das Feenreich. Und daneben liegt ein Gebetbuch aus grünem Samt, aus ihm hing ein Buchzeichen aus silbergrünem Glanzstaniol mit goldenen Sternen.

Weißt Du schon, Herwarth, daß Paul Zech aus Elberfeld nach Berlin zieht? Ich riet ihm zu dem Stadtwechsel, er braucht Dir nicht erst immer seine Verse schicken. Aus seinem letzten Gedicht qualmen Schornsteine, Ruß liegt auf jedem Wort. Er ist der einzige Heimatdichter im großen Stil.

Lieber Herwarth!
Ich habe diese Nacht wieder verbummelt geträumt. Ich schlenderte über den Kurfürstendamm wie ein Strolch angezogen, in zerlumpten Hosen und grünlich abgetragenem Rock, ich dachte nur stumpfe Dinge, auch war ich angetrunken – aus Traurigkeit. – Der Wind heulte meine rote Nase an. Du kennst doch so einen Zustand – gemildert – bei mir, wenn Du verreist warst und wiederkamst, und mich hier oben am Henriettenplatz trafst, als ob ich obdachlos sei. Diesmal kam mir im Traum Kete Parsenow entgegen, die Venus von Siam. Sie sann nach irgend einem Wort, dann ergriff sie mich, mit ihren Händen aus Elfenbein, aber mit der Energie eines Gendarms – »Tino!«

Herwarth, Kurtchen!
Ich vergesse immer seinen Namen – er ist aus dem sächsischen Tirol, er schrieb ein Buch über gemalte Irdenkochtöpfe, angehender Direktor der Museen hier. Mehr weiß ich nicht von ihm. Übrigens besitzt er eine eigene Möblierung von der Urgroßtante geerbt; und eine ländliche Base der Mona Lisa hat er an der geblümten Tapete hängen, das Gemälde erbte er auch von seiner Erztante Isabella.

Liebe Jungens!
Warum fragt Ihr mich nie an, was ich mit dem geheimnisvollen: »Schweigt mir von Rom« gemeint hab? Ich wollte mir nämlich einen Wahrsagesalon eröffnen, »Schweigt mir von Rom« – aber da Ihr beide stillschweigend darüber hinweggegangen seid, wie sollen da die Fremden hereinfallen. Ich gehe nun lieber hausieren.
Denk mal an, Herwarth, eben kommt unsere Rosa und kündigt mir; muß ich nun aus dem Haus oder sie? Sie hat heimlich über Leipzig den Sturm abonniert und bezieht den Spaziergang mit mir durch die Friedrichsruherpeterbaumstraße auf sich. Ihr Ehrgefühl ist angegriffen; sie fühlt sich verletzt, und ich muß mir nun meine Wohnung wieder selbst reinigen oder nicht reinigen, ich bin zu Staub geworden zwischen Staub. Ihr Fritz würde sie nun nicht heiraten, was meinst Du, wenn ich ihr verspreche, ihre Hochzeit bei uns zu feiern?

Liebe Beide!
Peter Baum sieht schlecht aus, er sehnt sich nach Elberfeld, selbst an seine Amme denkt er noch mit großer Anhänglichkeit. Er trägt sie an seiner Uhrkette in einem Herzenveloppe. Sie hat seine Vorfahren schon gesäuget und stammet aus Remscheid. Sie war es ja, die ihn eigentlich auf die Verse gebracht hat. Nicht?

Liebe Reisende!
Ich habe mir in Hieroglyphen-Schrift ein für allemal eine Antwort drucken lassen auf die vielen Briefe, die ich empfange, auf jeden Brief ohne Ausnahme von wem er kommen mag. »Krabbeln Sie mir den Buckel herauf!« Was werden Richard Weiß in Wien und Paul Leppin in Prag, beide, die ich so gern habe, zu der Unhöflichkeit sagen! So eine Unhöflichkeit kann direkt eine Zwangsidee werden, sie wird dann plastisch ein Feind, der Feinde bereitet. Wenn mir nun in diesen Tagen die Venus von Siam einen Brief schreibt und ich ihr die Antwort in Hieroglyphen übersende. Oder Ramsenith? Wißt Ihr, wer Ramsenith ist – in München wohnt er seit dem Testament und trägt eine Pyramide auf dem Kopf und ist schön, seine Augen reichen bis in den Himmel. Er ist der einzige Mensch, der historisch nachweisen kann: Ich bin Jussuf der Ägypter, denn ich lebte an seinem Hof.

Lieber Herwarth!
Mein Herz ist sehr krank oder fühlt es übergroß? Wenn es übergeht, glaubt man ja immer so kleinlich, man ist krank. Das hat man noch so von den Ärzten überliefert. Herwarth, gestern abend war mein Herz granatrot, ich konnte die Farbe im Mund vernehmen, kosten. Mein Herz war das Abendrot und ging unter. Draußen kann es in der trüben Winterstimmung nicht mehr geschehn; ich

starb am Abendrot. Kannst Du das fassen, konnte je ein Mensch fassen, wenn ich von den Sternen sprach, wie von meinen Brüdern, den Mond geleitete durch die Wolken, er ein lustiger, beruhigender Herr ist, Berncastle Doktor, alter Baldrian edele Auslese? O, ich scherze nicht, ich will Dich und Euch nicht amüsieren, aber mich immer retten mit Tyll Eulenspiegel Spielen. Ich wäre Clown geworden, Herwarth, wenn ich Dich nicht dadurch beleidigt hätte.

Internationale Postkarte
Lieber Herwarth, ich bin sehr traurig, ich höre den ganzen Tag weinen in der Stadt. – Wie ich mich umdrehte, war ich es. Ich weine, Herwarth, weil mir jemand böse ist.

Gute Kinder!
Ich bin tief ergriffen, meine Seele hat sich aufgelöst, es fließt an ihr herunter, Smaragd, und Rubin und Saphir, auch Mondstein wie bunte Quellen. Und ich sage immer zwei Worte, die Überschrift meines versengten, »ungeschriebenen« Liebesbriefs, der an Sascha adressiert war nach Sankt Petersburg Zitadelle:
Himmlischer Königssohn –
Ich habe nun kein Geheimnis mehr, mein Herz kann keins verwahren, es steht im Amt der Welt. Meere kommen und spülen seine Heimlichkeiten

ans Land, es erwacht mit dem Morgengrauen und stirbt am Sonnenuntergang. Aber immer ist mein Herz von Seide, ich kann es zuschließen, wie ein Etui. Weißt Du ein Geheimnis oder frag Kurtchen, das meiner Diskretion wert wäre?

Lieber Herwarth, liebes Kurtchen!
Sollte ich wirklich die Briefe vorgestern verwechselt – den an Euch Peter Baum, den Brief an Peter Baum Euch etwa geschickt haben? Oder sollte sich die Post den Streich geleistet haben, der Postbeamte mit dem Ziegenbart guckt mich so faunisch immer an.

Pitter!
Wenn De dän Breef bekommen häst, han ech meck ermordet, Du bruchst ewwer nich nachkikken. Pitter, eck han meck dötmal werklech verknallt! Rot ens, en wäm! Du glöbst meck nich mähr, Pitter, ewwer et is werklech war, on eck kan nich mähr op Arbeet gon en die Fabrik. Pitter Boom, en die Fröh han meck der Prinzipal geköndegt, weil eck ömmer wie eene Taube op däm Taubenschlag en die Loft kecke, on die Knöppe op die verkehrte Siet öwerspannen tu. On freten kann eck ook nich mähr, on eck berg ömmer minne Liebeschmerzen em Herzen en ming kariertes Koppkissen; oder die Konterfeis on die Wände kick eck on, usse Beld, wo wir eingesegnet worn

sind met die riecken Kender tusammen. Weeßt Du et noch? Wie häst De Deck verändert, Pitter, on eck erscht, ewwer wir sinn uß trö gebliewen en Früd on Leed, on Du weeßt ganz genau, dat eck wacker ömmer tu Deck gekömmen bön, on Deck allet gebeechtet han. »Arbeet macht dat Lewen sös« hat Deck der Pastor Krummacher en Ding Poesiealböm geschriewen, on meck hätt hä eene empfendleche Rede gehalten, weel eck ömmer gelacht han, en der Konfermantenstonde onter ming Polt. Ewwer det es allet vorbee, nur lach eck nech mähr, eck modd ümmer hühlen, van wegen öhmm. Kennst De »Öhmm«? Du kennst öhmm! Rot ens. »Öhmm«. On klatsch et nich Herwarth weher, Pitter, on sei gegrößt

van Dinne Frönden Amanda.

Unglücklicher Herwarth, der Pitter hat mir hier auch den Brief, den ich an Dich schrieb, zurückgesandt: Lieber guter Herwarth, bleib nur noch ruhig und wohlgemut im Eis. Du kommst desto frischer nach Haus. Du kennst mich doch, Du kannst ganz ruhig sein, ich bin überhaupt den ganzen Tag über zu Haus und mache Weihnachtsbaum und abends zünd ich schon die Kerzen an und singe Lieder, himmelhochjauchzend zu Tode betrübt. Ich bin wahnsinnig glücklich, Du siehst daraus, wie treu ich Dir bin. Grüße Kurtchen, unsern Engel. Else.

Herwarth!
Wo Dus nun mal weißt, ich bin heut zur Jephta-Elfriede gerannt – wie ein Primaner. Einer »Frau« wollte ich mein Herz ausschütten. Aber sie glaubt mir nicht mehr, erst wenn ich in vier Wochen zu ihr käme mit dem gleichen Gefühl für »ihn«. Merk Dir und Kurtchen bitte den Tag, es war gestern, den neunzehnten Dezember. Ich bin ja fest überzeugt, daß mein Herz mich nicht betrügt, ich kann im Grunde bauen auf mein Herz, aber, wenn mich das hier im Stich läßt, dann werde ich oberflächlich.
Ich habe an Tristan geschrieben: Süßer Tristan, nachts versammeln sich alle meine Vorfahren in meinem Zelt, Kalifen und Derwische und Paschas in hohen Turbanen. Und auch ein Häuptling, der mir das Tanzen beibrachte über die Leiber der Ungläubigen, droht mir nun mit Allahs Zorn. Tristan, du bist ein Ungläubiger, aber ich liebe dich, Tristan, und mit dem Golde deiner Locken blende ich das Auge des Gesetzes im Koran. Und meine Paläste und meine Dromedarherden schenke ich dir, die werden vor dir niederknien, zottige Sklaven, wenn du sie besteigen willst. Und die Schnüre meiner wilden, blauen Perlen sollst du um deinen Nacken tragen und meinen Ring nimm mit der Sintflutperle. Und ich schenke dir mein Herz, das kannst du in die Hand nehmen und damit gaukeln. In ihm spiegelt sich der brennende Dornenstrauch

des heiligen Berges und die Nacht und ihre unsäglichen Sterne. Ich liebe dich, Tristan.

Tino von Bagdad.

Lieber Herwarth und liebes Kurtchen!
Daß eine Karte ironisch lächeln kann, hat mir Eure bewiesen, auch eine gewisse zuschauende Väterlichkeit geht von den abgeklärten, temperamentlosen Buchstaben aus, lauter Greisenhaare. Ihr habt sie wohl zusammen angefertigt? Abgeklärtheit muß kolossal schwer sein, mir wenigstens. Dein Handschriftbild, Herwarth, ist doch sonst ein Symphoniekonzert oder eine Pantomime und Kurtchen präsentiert sein Selbstporträt, jeder Haarstrich seiner Zeilen ist er. Vor allen Dingen ist es eine Frechheit von Euch beiden, Euch so erhaben über mein Geständnis zu benehmen. Else.

Lieber Herwarth!
Tristan selbst will mir auch nicht glauben, daß ich ihn liebe, aber er war sehr milde, als wir uns begegneten; wir gingen Hand in Hand, und er erzählte mir die Geschichte von dem Wolf, ohne zu wissen, daß die Geschichte eine wahre Begebenheit ist, ich selbst war damals der Knabe, der atemlos durch die Stadt schrie: »Der Wolf ist da, der Wolf ist da!« Und zweimal heulte ich die Leute an, versetzte sie in Schrecken, und als der Wolf wirk-

lich einmal aus einer Menagerie ausgebrochen war, wollte es mir niemand glauben. »Er« will mir nun auch nicht glauben, daß ich ihn liebe, und ich werde vom Kummer zerfressen werden und sicher die ganze Stadt.

Herwarth!
Bitte, laß diese Gedichte im Sturm drucken, sie sind an Tristan – vielleicht glaubt er dann – bei Gedichten kann man nicht lügen.

Wenn wir uns ansehn
Blühn unsere Augen.

Und wie wir staunen
Vor unseren Wundern – nicht?
Und alles wird so süß.

Von Sternen sind wir eingerahmt
Und flüchten aus der Welt.

Ich glaube wir sind Engel.

*

Auf deiner blauen Seele
Setzen sich die Sterne zur Nacht

Man muß leise mit dir sein,
O, du mein Tempel,
Meine Gebete erschrecken dich;

Meine Perlen werden wach
Von meinem heiligen Tanz.

Es ist nicht Tag und nicht Stern,
Ich kenne die Welt nicht mehr,
Nur dich – alles ist Himmel.

*

Gar keine Sonne ist mehr,
Aber dein Angesicht scheint.

Und die Nacht ohne Wunder,
Du bist mein Schlummer.

Dein Auge zuckt wie Sternschnuppe –
Immer wünsche ich mir etwas.

Lauter Gold ist dein Lachen,
Mein Herz tanzt in den Himmel.

Wenn eine Wolke kommt –
Sterbe ich.

*

Ich kann nicht schlafen mehr,
Immer schüttelst Du Gold über mich.

Und eine Glocke ist mein Ohr,
Wem vertraust du dich?

So hell wie du,
Blühen die Sträucher im Himmel.

Engel pflücken sich dein Lächeln
Und schenken es den Kindern.

Die spielen Sonne damit
Ja . .

Herwarth!
Tristan hat mir gesagt, er habe eine Braut, ich will nun nie mehr über ihn sprechen –
Ich gehe jetzt so oft allein in die Stadt, fahre mit all den Maulwürfen Untergrundbahn. Ich habe schon eine Erdfarbe bekommen. Ich soll schlecht aussehen. Daß mir das gerade auf hypochondrisch jemand gesagt hat! Denn erst jetzt fällt es mir auf, daß einen alle Menschen fragen: »Wie gehts?« Ich such immer suggestiv nach der hypochondrischen, erdfarbenen Linie in meinem Gesicht – über Knie-Görlitzer Bahnhof. Aber die Menschen haben ja von Natur alle so verkalkte Gesichter, Eier; wenn es hoch kommt Ostereier; ich freu mich immer, wenn ich ein lachendes Plakat unten im Erdfoyer der Hochbahn entdecke. Das wilde Bengelchen von seinem Vater Ludwig Kainer gezeichnet, ich hab's sofort wieder erkannt, morgens lacht es auf der großen Hand seiner Dienerin kühn reitend mich aus der Zeitung an, wie aus einem Marstall. Ich möchte dem allerkleinsten

Sezessionsmaler ein grünes Zwergpferdchen bringen, es müßte wie ein Baum so grün und sprühend sein, das wäre das Lustigste, was ich mir vorstellen könnte. Schon lange steht nun Natur auf der Asphalttafel der Stadt; das steinerne, harte Herz Berlins rührt sich. Tannendüfte färben das Blut in den Adern und die Gesichter sehen frischer aus. Aber was geht es mich an, ich habe kein Interesse für das Wohlergehen dieser Welt mehr, schwärme nur noch für ihren ärmsten Tand; Schaumglaskugeln in allen sanften Farben, manche sind wie kleine Altäre geformt, in ihrer Nische leuchten verborgene Schimmerblumen der Maria. Ich glaube schon, ich spüre die gläsernen Blüten in der Brust. Diese Offenbarung! Und bin doch keine Christin; wo könnte ich an mir Christin werden? Das hieße sein Blut verstoßen. Diese Erkenntnis sollte des Jehovavolkes hochmütigster Reichtum sein.

Gulliver hat hier eine Stadt gebaut. Der ist ja Architekt; das erzählte mir schon Adolf Loos. Tausend Zwerge, so groß wie Streichhölzer, trampeln durch die Straßen über den Marktplatz von Midgesstown. Wir waren zu fünf Riesen dort und haben uns geradezu unserer Größe geschämt – und gingen behutsam gebeugt. Und doch hatten wir Unglück; einer von uns, der Schauspieler Murnau, hat einen Zwerg zertreten. Habt Ihr's gelesen? Und Peter Baum hat sich einen zehn Zentimeter hohen Feuerwehrmann in die Tasche gesteckt in Gedanken. Lauter Detektive und Kriminalpolizisten laufen dort herum. Cajus-Majus, der Doktor Hiller sah aus, wie ein gutmütiger Menschenfresser, mit seinem runden Bauch. Und Hans Ehrenbaum-Tegele hat doch die Zwerge eingeladen zur Bowle Sylvester; ich glaub, er will sie hineinschütten.

Herwarth und Kurtchen!
Ihr kennt doch Chamay Pinsky, er ist mit Beate nach Jerusalem gezogen, das Land zu säuern. Der Schelm! Er weiß genau, zum gelobten Land gehören gelobte Leute. Und nicht jüdische Bourgeois, die von posener Berlin in das Land der Könige ziehen; ihre Frömmigkeit besteht aus bröckelnden Matzen, kräftigen Fleischbrühen. Vierzig Jahre lehrte Moses seinem Volk die Freiheit der Wüste und das Brüllen der Schakale, und das Gesetz vom göttlichen Angesicht lesen, bevor er sie durch das Tor Jerusalem führte.
Ich denke jetzt viel an Religion, aber zur Religion gehört eine Welt: Alleinsein. Nicht ein Idyll mit einem Haus, das still. Ich war dazu bestimmt, Tempeldienst auszuführen, ich hätte Gott Heilige gepflückt von den Ufern leiser Ströme. Und das Licht der Seele blau erhalten.
Auch lege ich *fromme* Bilder mit den Sternen, die über das Allerheiligste schweben, und immer

wüßte ich vor Gott zu knieen, daß es ihm kein Zorn entfacht. Ich sage zu Gott: du, sie duzen sich mit ihm.

Lieber Herwarth und liebes Kurtchen!
Meine religiöse Stimmung muß also einen Grund haben. Ihr meint wohl, mich plagt die Reue? Die Sünde ist mir erschienen, meint Ihr wohl, mit dem Fegefeuer in der Hand, oder die Schlange hat doch endlich Einfluß über mich gewonnen. Pfui Teufel, Ihr traut mir zu, daß ich eine religiöse Stimmung auf Pfählen baue, irgendwo in die Sintflut hinein. Ich habe Vertrauen zu meinen guten und bösen Handlungen. Ich kenne keine Sünde, mag sein, daß ich sie oft von außen her mit Süßigkeiten mir greife, ich hab noch nie etwas davon gemerkt. Lebe das Leben ja tableaumäßig, ich bin immer im Bilde. Manchmal werde ich unvorteilhaft hingehängt, oder es verschiebt sich etwas in meinem Milieu, auch bin ich nicht mit der Einrahmung zufrieden. Einrahmungen sind Einengungen, Unkunst, Grenzen, die sich kein Gott, aber ein Gottdilletant zieht. Die runden Rahmen haben noch etwas Kreisendes, aber die viereckigen, neumodischen, sind so ganz menschlich aus dem Kosmos getreten. Ich sehe also aus dem Bilde das Leben an; was nehm ich ernster von beiden? Beides. Ich sterbe am Leben und atme im Bilde wieder auf. Hurra!

Liebe Nordländer!

Ich fühle mich ergraut, wie der Tag plötzlich; bald ist es Nacht; soll ich wachen oder schlafen. Lohnt es sich zu leben oder zu versäumen. Alles sollte sich lohnen, auch das Nichtvorhandene. Ich weiß, irgendwo sehnt sich ein Hadrian oder ein Pharao nach mir. Ist das nun wahr oder ist das nicht wahr? Aber ich finde, so ein Gedanke lohnt sich. Allerdings, der Bürger verliert nie etwas, mich kostet vielleicht, so einen Gedanken zu haben, das Leben. Meint Ihr, mein Leben ist zu ersetzen? Lohnt es sich, mein Leben zu ersetzen? Ich will diesen Gedanken von Euch beantwortet haben. Aber ich sprach vom Hadrian, ich sprach vom ägyptischen König, der eine Pyramide als Krone trägt, wir ziehen zusammen in den Krieg auf Dromedaren. Ich sitze hinter ihm, an seinem Rücken gelehnt, und meine Pfeile fliegen an seinem Herzen vorbei in die Leiber der Feinde. Nachts schminkt er meine Lippen mit seinen Küssen.

Herwarth!

Karl Kraus, der Dalai Lama, weilt in Wien, aber unten in Deinem Arbeitszimmer hängt seine Hand in Marmor. Ich stand wieder vor dem schwarzen Brett, darauf sie gespannt abwärts greift, sie bewegte sich, als ob sie mir etwas erklären wollte. Diese Hand, eine sichere Ministerhand, eine gütige Diplomatenhand, eine züngelnde Hand, sie kann eine Stadt anstecken. Meine Augen tanzen um ihre Randung – Polka. Lieber noch ringe ich mit dieser Hand zum Zeitvertreib. Sollte dieser vornehmste Kampf unterlassen bleiben! Ich träume oft in der Nacht von den Kriegen unserer Hände und staune, daß Du die seine noch immer in der Frühe erhalten am Brett hängend vorfindest. Sie lächelt sogar seit kurzem. Des Ministers Hand, eine ernste, mongolische Dolde, eine Hand, jeder seine Pfade endet. Was er wohl von meiner ziellosen Hand aus Spiel und Blut denkt?

Lieber Herwarth!
Was ist das Leben doch für ein eitler Wettbewerb gegen das Aufschweben zur Ewigkeit. Ich bin erregt, ich hatte schon einige Male heute das Gefühl, ich muß sterben. Wenn ich auch im Bilde lebe, Bild bin, aber meine Eindunkelung Dir gegenüber macht mir schon lange Schmerzen. Wir können uns beide kaum mehr sehen, Herwarth, alle die Leute, die uns wieder zusammenbringen wollen, sind nichts weiter als Ölschmierer oder Terpentinwäscher, uns auffrischen wollen sie; über die echten Farben unechte, gezwungene schmieren. Fälschung! Verkitschte Auferstehung! Man sollte lieber die Menschen, über die die Nacht kam, einbalsamieren. Es klopft heute schon einigemale an meiner Tür, es geschieht etwas Schreckliches in der Welt, lauter Fälschung, dafür geben die Leute

ihr Geld aus. Das sag ich Dir, ich wollte, ich besäße eine Brücke, es müßte mir jeder – Zoll bezahlen – Brückenzoll. Da ich doch tot bin, hab ich mir wenigstens vorgenommen, reich zu werden.

Herwarth!
Vorher schick ich dir noch ein Gedicht für den Sturm. Ich bin rasend verliebt in jemand, aber Näheres sag ich nicht mehr. So kann es immer an Dich gerichtet sein.

Du bist alles was aus Gold ist
In der großen Welt.

Ich suche deine Sterne
Und will nicht schlafen.

Wir wollen uns hinter Hecken legen
Uns niemehr aufrichten.

Aus unseren Händen
Süße Träumerei küssen.

Mein Herz holt sich
Von deinem Munde Rosen.

Meine Augen lieben dich an,
Du haschst nach ihren Faltern.

Was soll ich tun,
Wenn du nicht da bist.

Von meinen Lidern
Tropft schwarzer Schnee;

Wenn ich tot bin,
Spiele du mit meiner Seele.

Ludwig Ullmann habe ich das Gedicht: An Jemand – für sein Flugblatt geschickt:

Lieber Ludwig Ullmann!
Es war Nacht, als Ihr Brief kam, ich hatte mich gerade aufgehängt, konnte nur morgens den Baum nicht wiederfinden. Ob das ein Glück für Ihr Flugblatt ist, kann ich nicht beurteilen. Denn ich bin noch sehr angegriffen von der Aufhängerei und von allem Drum und Dran. Machen Sie gute Stimmung für mich, mir fehlt jede. Auch ist Berlin so langweilig, es ist weder interessant zu leben, noch zu sterben, was ich nun beides beurteilen kann. Ihre Karte war mir eine Labung, so frisch geschrieben; wie Quellwasser sind Ihre Buchstaben, nicht etwa verwässert. Sie müssen immer von Wäldern dichten, das wäre charakteristisch für Sie. Jedenfalls begleiten Sie mich in den Prater, wenn ich nach Wien komme. Ihre E. L. Sch.

Liebe Jungens!
Ich habe vor, regierender Prinz zu werden. Müßten mir nicht alle Menschen Tribut zahlen?

Ich habe gestern Dr. med. F. leider vergebens geschrieben:

Sire!

Sie haben ganz recht empfunden, ich bin der Prinz von Theben. Sie wollen mir eine Klinge zum Geschenk überbringen lassen. Ich bitte Sie, mir zweihundert Silberlinge, das sind auf Deutsch zweihundert Mark, beizulegen, damit ich Ihrem Diener den ihm zukommenden Lohn entrichten kann.

Konnte ich seinen Herrn höher schätzen? Ich traute diesem Doktor zu, daß er meinen Brief mit allem Respekt erfüllen würde, er ist Nierenarzt, er hat den Zug eines Bohemiens in sich, er behandelt mit Vorliebe Wandernieren.

Soeben kam eine Dame aus Prag, ich soll in ihrem Verein sprechen. Wo ich soviel umsonst schreibe, muß ich doppelt so viel für mein Sprechen beanspruchen. Willy Haas hat sie aus Prag zu mir ins Haus gesandt. Ich habe tausend Mark verlangt; für meine Liebesgedichte zweihundert Mark besonders. Die Dame war ergriffen, aber sie will mit ihrem Verein über meine Forderung sprechen. Auch war ich äußerst pathetisch, zog meinen Königsmantel einige Male über die Schultern in Falten, in wilde Falten. Ich spreche überhaupt nicht mehr ohne Bezahlung, nur Bindewörter; könnt ich doch eins finden, das mich binden würde.

Herwarth!
Ludwig Kainer will meine Kalifengeschichte illustrieren. Bei mir kann ich ihn nicht empfangen, überall liegen fußhoch norwegische Briefe an Euch. Aber mein erlauchter Illustrator geht nach München, ich reise dann auch dorthin, einige Tage; übrigens hat mir mein Freund Antoni, der Prinz von Polen, aus München geschrieben, mein Geist wäre gestern im Café Bauer in Galla allen erschienen. Ich war schon immer neugierig, meinen Geist kennen zu lernen, meinen Astralleib, er soll reich sein, ich werde ihn anpumpen.
Prinz von Theben, schrieb mir der Maler Schmidt-Rottluff: Ich will Sie malen mit ihrem schwarzen Diener Oßmann. Ich wollte, er malte mich im Hintergrund seiner Handschrift, mitten hinein. Lauter Schlangengrotten, Urwaldgewächse, Kokospalmen, menschengroße Affenkörper. Man kann nicht durch seine Handschrift in die Ferne blicken, man erstickt in dieser Handschrift. Er und Richard Dehmel trinken aus denselben dunklen Quellen. Ich werde ihm Geschichten aus meinem Leben erzählen. Ihr wißt doch, mein hinterurwäldlicher Ahne ist der einzige Mensch, der nicht von Affen stammt. Ich habe noch unseren Stammbaum in Blüte. Ihr wollt es nicht glauben, aber der Maler mit der ungeheuren Handschrift wird mir glauben, daß ich von der Ananas stamme. O, dieser berauschende, wilde Fruchtkopf

mit dem Häuptlingsblattschmuck! Ich habe noch nie davon gegessen, nicht einmal genascht, aus Pietät, und dabei könnt ich meine pflanzliche Abkunft auffressen, wie ein Menschenfresser.

Herwarth!
Weißt du, daß Ludwig Cranach schon die Venus von Siam als Kete Parsenow gemalt hat. Also nicht ich alleine weiß, daß Kete Parsenow die Venus ist, die wirkliche Venus. Ich sah die Venus lächeln, ich spiegelte mich in den Tränen der Venus, ich sah die Venus tanzen, ich sah die Venus sterben. Ich, ich ich, ich kann mich kaum mehr berühren vor Süße.

Lieber Herwarth!
Paulchen will endgültig nicht mehr in den Kino gehen, er hätt die Nacht nicht schlafen können, ein Mensch sei irrsinnig im Stück gewesen und kein Junge will mehr hingehen. Die Unglücke sehe er ja sonst gern. Er war noch ganz erregt am Morgen und erzählte mir folgendes: Es war ein Mann, der hieß Marius, der hatte eine Braut bekommen beim Tanzen und da schrieb die Braut dem Marius, ein helles Fenster sollt ihm in der Nacht zeigen, wo sie wär. Im selben Haus war ein Hotel, das Haus war ein Hotel überhaupt, davor ein Irrenhaus für die Geisteskranken von Doktor Russel, wo die Leute mit Strahlen geheilt werden von Doktor Russel. Herr Marius hatte sich in der Dunkelheit verirrt

und ging in das Irrenhaus in eine Zelle. Da kommt plötzlich mit dem Auto ein Geisteskranker her und er wird von einem Diener durch Strahlen zum Schlafen gebracht und schläft. Da wird er wieder wach und wollte aus dem Fenster, aber er sinkt vors Bett und auf einmal kommt Marius rein und sieht den irren Mann und sofort vor lauter Angst hinter die Wand, aber der Geisteskranke packt ihn an die Kehle und würgt ihn fast ganz tot, aber nicht ganz tot, auf einmal hört das ein Wärter, der nachts rumgeht, macht die Tür auf und man kann da plötzlich reinsehn in Doktor Russel sein Zimmer, der sitzt mit Marius seiner Braut auf dem Bett und poussiert.

Liebes Kurtchen!
Morgen komme ich in Dein Bureau, Potsdamerstraße 45, mit der Rechnung vom Cliché Deines Bildes – hoffentlich hast Du Dich getroffen gefühlt.

Nota:
Cliché sechs Mark. Zwei Mark zwanzig das Auto in die Clichéfabrik; drei Mark fünfzig *mit Trinkgeld* das Diner bei Kempinski und für fünfzig Pfennig Fachinger. Bei Kranzler trank ich Schokolade für fünfzig Pfennig und aß für fünfundsiebzig Pfennig Törtchen, die alt waren. Nahm dann wieder ein Auto in die großen Rosinen. (Meinhard spielte famos.) Dreißig Garderobe,

sechzig Foyer (Lachsbrötchen). Nahm dann ein Auto, raste ins Café des Westens, Dich und Herwarth abholen; traf Euch nicht, fuhr schließlich im selben Auto heim, kam aber zu spät, mußte den Portier herausklingeln für fünfundzwanzig Pfennig. Bitte zähle die Summen zusammen, irre Dich nicht. Laß Dein Gemälde einrahmen in Watte, Dich einsalzen, wo der Pfeffer wächst.
Ich grüße Dich! Else L.-Sch.

Lieber Herwarth, liebes Kurtchen!
Ich bin Adolf Lantz begegnet; er trägt, seitdem er Direktor ist, einen Zylinder, der blaakt.
Ich gehe jetzt seltener ins Café, ich kann es nun auswendig. Es ist ja nicht allzu schwer zu lernen; internationale Cafés sind schwerer zu behalten. Ich plaudere wieder so vor mich hin wie Verblühn. Ich habe alles abgegeben der Zeit, wie ein voreiliger Asket, nun nimmt der Wind noch meine letzten herbstgefärbten Worte mit sich. Bald bin ich ganz leer, ganz weiß, Schnee, der in Asien fiel. So hat nie die Erde gefroren, wie ich friere; woran kann ich noch sterben! Ich bin verweht und vergangen, aus meinem Gebein kann man keinen Tempel mehr bauen. Kaum erinnerte ich mich noch an mich, wenn mir nicht alle Winde ins Gesicht pfiffen. O, du Welt, du Irrgarten, ich mag nicht mehr deinen Duft, er nährt falsche Träume groß. Du entpuppte grauenvolle Weltsagerin, ich

habe dir die Maske vom Gesicht gerissen. Was soll ich noch hier unten, daran kein Stern hängt.
Ich bin nun ganz auf meine Seele angewiesen, und habe mit Zagen meine Küste betreten. So viel Wildnis! Ich werde selbst von mir aufgefressen werden. Ich feiere blutige Götzenfeste, trage böse Tiermasken und tanze mit Menschenknochen, mit Euren Schenkeln. Ich muß Geduld haben. Ich habe Geduld mit mir.
Schmidt-Rotluff hat mich im Zelt sitzend gemalt. Ein Mandrill, der Schlachtengesänge dichtet. Schmidt-Rotluff hat mich als Mandrill gemalt, und ich stamme doch von der Ananas ab. Ihr habt den Affen überwunden; man kann sich doch von nichts in der Geburt vorbeimachen.
Bin entzückt von meiner bunten Persönlichkeit, von meiner Urschrecklichkeit, von meiner Gefährlichkeit, aber meine goldene Stirn, meine goldenen Lider, die mein blaues Dichten überwachen. Mein Mund ist rot wie die Dickichtbeere, in meiner Wange schmückt sich der Himmel zum blauen Tanz, aber meine Nase weht nach Osten, eine Kriegsfahne, und mein Kinn ist ein Speer, ein vergifteter Speer. So singe ich mein hohes Lied. O, Herwarth, Ihr könnt es mir ja nicht nachfühlen – was blieb Euch vom Affen übrig? Herwarth, Du brauchst es ja nicht wiedersagen, Herwarth, ich schwöre es Dir bei dem Propheten Darwin, ich bin meine einzige unsterbliche Liebe.

Lieber Herwarth!
Ich höre, Du hältst einen musikalischen Vortrag bei Cajus-Majus im Cabarett Gnu. Ich weiß noch nicht, ob ich kommen kann. Das Gnu hat so viel Junge geworfen, die sicher nicht blind für Deine Musik bleiben. Es hat jemand herumgebracht, seitdem Du eines Deiner Lieder einer anderen gewidmet hast, als mir, interessieren mich Deine Vertonungen nicht mehr. Jemand hat nicht ganz unrecht. Subjektiv nicht mehr! Ich glaubte immer, Du könntest nur meinen Glanz aushalten, daß keine blasse Sehnsucht in Dir stecke.

Lieber Herwarth!
Ich gehe doch in das Cabarett von Dr. Hiller, schon um der kleinen Martha Felchow Pralinées zu bringen. Sie sitzt vor der Eingangstür an der Grenze zwischen Prolet und Gnu und nimmt die Zölle immerzu.
Ich hörte, Ludwig Hardt habe wieder so großartig im Choralionssaal vorgetragen – er ist der einzige Liliencron-Interpret. Er gab mir mal alleine einen Liliencron-Abend, in einem der Erkerviertel des Cafés. Sein Vortrag trägt die weiche Seele Liliencrons, das Stahl seines Herzens. Ludwig Hardts Stimme marschiert mit Sporen durch des Dichters Kriegsgedichte. Ludwig Hardt ist ein lyrischer Soldat, er ist adelig, wie Liliencron. Sein Elternhaus lag, eine Löwin, an goldener Kette.

Heute kommt Ludwig Kainer und zeichnet mich für den Sturm als Prinzen von Theben. Meine zwei Neger, Oßman und Tecofi, der Häuptlingssohn, werden ihn im Vorhof meines Palastes empfangen. Ich trage mein Feierkleid und meinen Muschelgürtel und den Islamstern des Sultans über meinem Herzen, und werde nach »ihm« aussehn.

Lieber Herwarth, liebes Kurtchen!
Ich habe vor, eine große Festlichkeit zu veranstalten; meine Gemächer sind nicht geräumig genug, und ich begab mich heute morgen ins neue Schloßviertel hier zu der Marquise Auguste Fürst-Foerster, der ich die Valenciennehand mit Ehrfurcht küßte. Sie war wie immer von ausgesuchter Delikatesse und stellte mir auf meine Bitte ihre Salons zur Verfügung. Daß sie hoffe, auch als Gast erscheinen zu dürfen, auf meiner hohen Festlichkeit, erfreut sie unendlich. Dann geleitete sie mich zwischen Rosentapeten ihrer Korridore; »Allerhöchste Marquise«. – Marquise (gnädig lächelnd zu mir): »Hoheit« . . .

Herwarth!
Ich habe noch eine Zeichnung von S. Lublinski gefunden, wie ich ihn heimlich zeichnete über lauter Köpfe im Café hinweg, da wir uns vorher gehauen hatten. Er war ein Charakter. Die einzige Eigenschaft, die einen ganzen Charakter ausmachen

kann, ist Mut. Also war er *noch mehr* wie ein Charakter, er war ein rostiges Gefüge.

Herwarth!
Ich schreibe hier einen offenen Brief an Paul Cassirer.

Sir!
Es war für mich keine Überraschung, in Ihrem vornehmen Salon die Werke Oskar Kokoschkas zu bewundern. Manche von den Betrachtern hielten sich sicher ihr Lachen ein, in Erinnerung an Sie, Sir, des unumstößlichen Glaubens wegen an Sie, Sir, Ihres kunstverständigsten Namens wegen, Sir, Ihrer Sicherheit in den Farben und Werten und Zeitwerten wegen, Sir; Sie haben sich am Tage, da Sie Oskar Kokoschka in Ihren Salons ausstellten, selbst hundert Jahre voraus in die Zukunft gesetzt, indem Sie als erster Kunsthändler in Berlin den Ewigkeitswert seiner Schöpfungen erkannten. Ich hörte mit nicht geringem Erstaunen, daß Sie eine zweite Ausstellung von Kokoschka in Ihren Sälen veranstalten wollen, Kopien seines Genies. Warum das schon bei seinen Lebzeiten? Warum echten Wein verwässern, wenn schwach befähigte Besucher Herzklopfen bekommen! Oder besoffen werden und taumeln oder ausfahrend werden. Ich fordere Sie allerhöflichst auf, Sir, diese Ausstellung zu unterlassen. Oskar Ko-

koschka ist kein Zwilling, er hat noch nicht einmal einen Vetter, aber einen Meuchelfreund. Ich rechne darauf, Sir, und mit mir zeichnen noch ernste Bewunderer der Oskar-Kokoschka-Bilder, Sie unterlassen eine Ausstellung der Kopien, die Herr Jemand in Ihren Sälen zu beabsichtigen gedenkt. Und genehmigen Sie meine hochachtungsvollen, verbindlichsten Grüße, Sir.

Else Lasker-Schüler.

Oppenheimer hat auch Anhänger – jawohl, bitte – an seiner Uhrkette hängen.

Max Oppenheimer, Abbé!
Sie wollten mich rücklings in die Beichte stecken . . . Denn niemand weiß so genau wie ich, daß Sie farbige Wechsel ausschreiben mit der Unterschrift Oskar Kokoschkas. Warum? Da Sie doch selbst malen können. (Dieses schrieb ich ihm im Café, er glaubt, ich, le Prince de Thebe, bin das Werkzeug einer Partei.)

Lieber Herwarth!
Ich schrieb an Dr. Hiller:
Heute mittag aß ich die Erstgeburt, zwar nicht Linsen, aber dicke Erbsen. Es schwammen Bröckchen darin und die Überreste eines Schweinsohrs. Ich bin aufgebläht, aber Ihr Antlitz, Cajus, hat Monderweiterung bekommen. Wie dürfen Sie

sich erlauben, uns, vor allen Dingen mich, in Ihrem Vortrag mit Idioten anzureden; zumal Sie genau wissen, ich bin Idiot. Aber erinnern brauchen Sie mich nicht daran, das ist unzart, das ist direkt ordinär von Ihnen. Ich komme nicht mehr ins Gnu, ich hab genug.

Herwarth!
Gestern ist mein Onkel, der süddeutsche Minister, mit mir ins russische Ballett gefahren. Hinter uns saßen strahlende Petersburgerinnen, zwischen ihnen Herr Barchan, der Hexenmeister. Einige Male hat er bei uns in der Wohnung frische Fische gezaubert und nachher verschlungen, lebendig; er hat Dich auch einmal verschwinden lassen wollen, Herwarth, weißt Du's noch? Ich meine, Dich verleugnet; aber sein Ärmel war nicht weit genug.
Ich schreibe nun schon drei Monate oder noch länger norwegische Briefe. Verreist Ihr beide nicht wieder bald? Vielleicht regt mich eine zweite Reise auch so an, wie Eure Nordpolfahrt. Ich habe zwar verlernt, mit Sonne zu schreiben; meine Vorfahrengeschichten verlangen Morgenland. Auch dem historischen Stil habe ich Schlittschuh angeschnallt, und ihn so mit fortgerissen, es kam mir nicht darauf an. Ich schrieb also den größten Teil meiner Briefe mit dem großen Zeh; die Historie aber kann man nur mit dem Herzen schreiben; das Herz ist Kaiser. Womit schreibe ich eigentlich

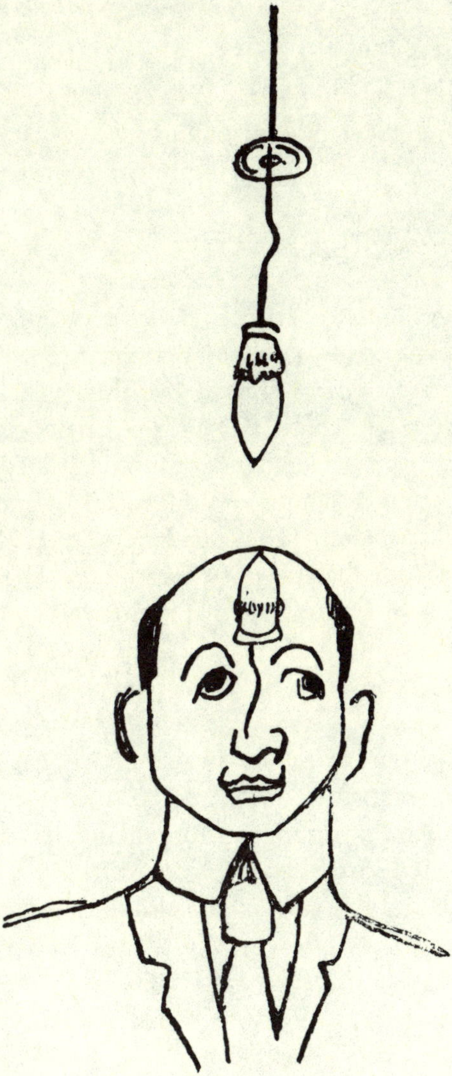

meine Gedichte? Was glaubt Ihr wohl? Die schreibe ich mit meiner unsichtbarsten Gestaltung, mit der Hand der Seele, – mit dem Flügel. Ob er vorhanden ist, – Sicher! Aber gestutzt vom böswilligen Leben. (Mystik.)

Lieber Herwarth!
Außerdem habe ich den Gnudirektor Cajus-Majus = Dr. Hiller in seinem Gnutheater am Vortragstisch auf der Bühne sitzend gezeichnet. Er spricht vom gescheckten Mondgnukalb – versteh vor Lärm nur alles halb – in seinem Hirne – elektrisch spiegelt sich die Birne.

O, Herwarth, o, Kurtchen!
Wie sich die Welt verändert hat; früher war die Nacht schwarz, nun ist sie goldblond.

Liebes Kurtchen!
Weißt Du's schon, eine Deiner Klientinnen hat den Sturm aufgekauft, läßt sich mit Deinem Bild ihr Schlafzimmer tapezieren! Sie singt: »Ich hab dein Bild im Sturm gesehn!«

Jungens!
Nun hab ich's raus mit den Künsten: man muß zeichnen, wie man operiert. Ob man ein Stück Haut zuviel skalpiert oder einen Strich länger zieht, darauf kommt es ja gar nicht an! – Und die Massenliebe des Publikums zur Musik ist mir auch

klar geworden. Die Zunge hat am meisten zu tun beim Hören, sie wächst sozusagen gehöraufwärts, sie probiert; namentlich schmeckt ihr die Nationalmusik: Deutschland, Deutschland über alles, Volkslieder, prickelnde Operettenlieder; Carmen, glänzendes Hochzeitsmahl; auch Wagners heiliger Gral ist nicht zu verachten. Deine Musik, Herwarth, aus Tanz und Schwertern, aus Frühling und Schäfern, aus Mond und Nacht und Sternen frißt auch die Menge mal für Schildkrötensuppe und indische Vogelnester – *hoffe ich!*
Abends trinke ich jetzt immer Tee Chambard, ein Getränk aus Goldkamillen, blauen Glockenblüten und Rosenblättern. Ich habe Peter Altenberg das duftende Rezept geschrieben für eine Fortsetzung seines Buches Prodromus. Ich hörte, er spucke auf mein erlesenes Gedicht, auf meinen alten Tibetteppich, er kann nur dadurch antiker und wertvoller werden.
Peter Altenberger, der Dichter der Östreicher, hurrah!!!

Lieber Herwarth!
Wenn ich Frau Professor Helene Herrmann begegne, muß ich an tiefe Wolken denken; wenn ich an Julius Hart denke, weiß ich, wo ich einst Engeln begegnet bin! Helene Herrmann und Julius Hart sind (fort mit allem Hirn-Maché) durchrankt von Seele.

Lieber Herwarth, liebes Kurtchen!
Ich habe meine beiden Ringe verschenkt; es tut mir so leid, aber ich habe mir einen großen, braunen Käfer aus Glas in Messing fassen lassen; er sitzt auf meinem Mittelfinger wie auf einem kahlen Herbstast und sehnt sich nach Sommer und Sonne, nach Blüten und Silberblättern und wahrscheinlich nach einem Glühwürmchen.

Herwarth!
Wir sind nur auf dem Wege, das Leben ist nur Weg, hat keine Ankunft, denn es kommt nicht woher. Wohin soll man da? Immer in sich Zuflucht nehmen! Darum sind ja die Menschen so arm, ihre Herzen sind Asyle, sie fühlen sich sicher in ihren geselligen Heimstätten. Wohin soll man da? Mein Herz ist zerfallen; o, diese Einsamkeit zwischen gebrochenen Säulen! Kennst Du ein luxuliöses Herz – und wenn es aus Marmor ist?

Meine Lieben!
Ich bin sehr neugierig geworden; ich beginne mich zu fragen, ob ich intellektuell bin oder stumpf? Manchmal denk ich was, das geht über meine Grenzen; über Eure Horizonte habe ich wohl lange schon gedacht. Aber wo komme ich hin, wenn ich über meinen Mauern und Zäunen hänge, wo sich noch nicht Land vom Meere getrennt hat? Wer wird mir Schöpfer sein!! Werde ich meinen

Schöpfer lieben oder ihn anbeten in Ehrfurcht? Wenn ich ernstlich krank bin, dann hole ich keinen Arzt, Herwarth, aber einen Astronomen, jedenfalls einen Sterndeuter oder einen Fakir, meinetwegen einen Gaukler. Eher stellt »der« fest, wie weit mein Sternbild Corpus von dem Sternbild Psyche entfernt ist,als der anerkannteste Professor.

Herwarth!
Ich habe meine medizinische Arbeit gedichtet (nicht geschrieben), darum werde ich wohl den Doktorhut bekommen, aber ihn nur Carneval aufsetzen dürfen.

Lieber Herwarth!
Ich habe im Berliner Tageblatt einen Ruf nach dem Simplizissimusmaler Ludwig Kainer und seiner Frau, der Malerin, ergehen lassen. Beide sind plötzlich verschwunden. Ich hänge aber eingeschlossen einigemale in ihrer Wohnung. Wie es mir gehen mag, meinen verschieden aufgefaßten Ichs?

Kurtchen!
Steht Gefängnis auf Schweinehund? Oder Geldstrafe? Oder verjährt nach zwei Jahren ein Schimpfwort, wie zum Beispiel Schweinehund? Ich habe vor zwei Jahren mal jemand so genannt; ich möchte endlich von der Kette los.

10
10

Ich muß manchmal an die Schwärmerin denken vom Sylvester im Café des Westens. Sie kniete vor mir (eine mir höchst unsympathische Stellung), aber sie kniete im Blut, denn der Wein uminselte unseren Tisch. Ich trug mein Kriegsgewand und alle meine Dolche, und nie war ich so vornehm der Prinz von Theben, wie an der Grenze zwischen Alt- und Neujahr. Ich habe der Schwärmerin versprochen, nicht mehr Platt zu sprechen in meiner norwegischen Korrespondenz; liegt auch im Grunde nur Brüderschaft in der ollen Omgangssprake twischen Pitter Boom on mek.

Herwarth, Kurth!
Wie findet Ihr mich getroffen auf der neuen Freimarke meiner Stadt Theben? Ich werde mein Volk lieben bis in den Tod.

Lieber Herwarth!
Es hilft Dir nichts, ich sende Dir diesen Brief so lange, bis Du ihn im Sturm veröffentlichst. Ich glaube Dir schon, daß es Dir weh tut, diese Zeilen meines Herzens prägen zu lassen, aber da ich mich nicht zu beherrschen gelernt habe, verlange ich es von Dir. In meinem Interesse mußt Du Eisbären bändigen – Pudelhunde gehorchen eher; ich sagte Dir schon einmal, die meisten Temperamente bellen oder jammern oder kläffen nur.
Ich war nämlich in Jedermann oder heißt es Aller-

lei? Ich glaube, es heißt Allerlei für Jedermann oder Jedermann für Allerlei: Herein meine Herrschaften ins Riesenkasperle, ins Berliner Hänneskèn! Ein evangelisch Stück wird gespielt für die »getauften« Juden, namentlich, sehr anschauend und erbaulich. Alle getauften Juden waren in der evangelischen Vorstellung-Schaustellung gewesen und waren erbaut *namentlich* von dem blonden Germaniaengel in Blau und Doppelkinn. Rechts ein Fleckchen, links ein Fleckchen Mensch oder Engel an der Kasperlewand und wie das Gewissen zu heulen anfing: Jedermann hier, dort Jedermann. Wo kam das her – ich denke aus den Ställen, Herwarth. Nein, da wollen wir lieber auf die Kirmes gehen in Cöln am Rhein und ein Cölner Hänneskentheater aufsuchen, von dort sollte Direktor Reinhardt die Naivität herholen, nicht sich welche anfertigen lassen von dem Hofmannsthaler in Wiener Stil oder übertünchen lassen, ein britisch-evangelisches Mysterium, charakteristisches Gähnen mit noch entsetzlicheren, gelangweilten, unechten Reimereien eines »Verbesserers«. Denk mal an, wenn er sich auf Bildhauerei verlegt hätte, an der Skulptur geflickt hätte, und der Venus von Milo die beiden Arme angesetzt hätte! Was grub er doch alles Literarische aus: zuerst den Oedipus von Sophokles und nährte ihn mit Wiener Blut; die Elektra machte er zur dämonischen »Lehrerin«. Ihm gebrichts an Phantasie. Immer sagen

dann die Leute, Herwarth, weil sie stutzig werden: Ja, haben Sie denn noch nicht *das* Gedicht von ihm gelesen: Kinder mit großen Augen? – Ich habe sogar Tor und Tod und den Tod des Tizians von ihm gelesen; glänzende Dichtungen allerdings, aber im Granit Goethes gehauen. Wenn Jedermann wüßte, was Jedermann wär usw. – eine Blasphemie, eine Verhöhnung einer alten Pietät, einer religiösen Verfassung. Das Leben und der Tod, die Sünde und die Strafe, Himmel und Hölle, alles wird zur Schaustellung herabgewürdigt, wie die Elephanten und Araberpferde mit Bändern und Kinkerlitzchen geschmückt, allerdings nicht einmal wie hier den Kindern zur Freude, dem reichen sensationslustigen Publikum zur Erbauung, pfui Teufel, daß der Sekt besser mundet.
Ein paar Tage vor Weihnachten forderte Direktor Reinhardt mein Schauspiel Die Wupper ein. Sie liegt noch nicht zwei Monate in seinem Haus; mein Schauspiel hat Leben, meine Geschöpfe möchten weiter leben. Nun wird mein Schauspiel eine Geisel sein in Reinhardts Händen, er wird meine Dichtung ins Feuer werfen oder sie mir mit ein paar Phrasen seiner Sekretäre wiedersenden lassen. Gleichviel, ich will keine Rührung noch Sentimentalität aufkommen lassen, Herwarth, ich muß meine Dichtung opfern der Wahrheit, dem »Ehrgeiz« zum Trotz. Der Prinz von Theben wirft die letzte Fessel von sich.

Mit einer goldenen Schaufel will ich der Sage meiner Stadt einen Weg ebnen oder sie begraben, indem ich Direktor Reinhardt die Wahrheit sage. Die Aufführung des Jedermann ist eine unkünstlerische Tat, eine schmähliche – von ihm zumal, der im Publikum für unfehlbar gilt und in Wahrheit mit Bewußtsein nicht fehl greifen *kann.* Wie soll man sich diesen Zynismus erklären! Hat Reinhardt Geld nötig? Warum rauben es nicht seine Leute für ihn: *Sie sollen den Westen der Stadt plündern für ihren Kaiser!!* Kassenschränke sind nicht zu unterbilden, wohl aber eine Zuhörerschaft (es sind talentvolle Zuhörer darunter) wakkelköpfig durch ein Irrspiel zu machen. Solche Geschenke darf sich Reinhardt nicht erlauben. Draußen tobten die Sozialdemokraten, es war am Tag der Wahl – in mir stürmte eine stärkere Revolution, es fiel am Abend meine letzte Hoffnung, die Aufführung meines Schauspiels unter dem Können Reinhardt, das ich in so vielen Aufführungen bewunderte. Ich fordere mit diesem Brief meine Arbeitersage, die Wupper, ein. Hat er sie schon gelesen? Sie muß ihm imponiert haben.

Liebe Beide!

Als ich heute morgen aufstand, kroch eine kleine Sonne auf meinen Fuß und spielte mit ihm wie eine bunte Eidechse Ringelrangel. Ich bin sehr glücklich heute, mein Zimmer ist süß, die kalte Luft, die durchs Fenster dringt, schmeckt süß und mein Schrank enthält lauter süße Feierkleider: ein goldenes, ein palmenfarbenes und ein Kleid aus Kristallseide, das klingt. Und meine Kriegsgewänder sind friedlich, die weite schwarzseidene Hose schmücken süße Perlenborden und aus den Muscheln meines Gürtels begegnen sich Schnecken und strecken ihre kleinen Korallenhörnchen entgegen: Allah machâh. – Es sind alles Muscheln, die ich am Strand des Nils auflas. Und in der Kriegstasche zwischen wilden Schalen harter Früchte finde ich verzuckerte Rosen, die süß zu essen sind. Ich bin verliebt. –

Kurtchen, Herwarth!
Er sagt, er hätte breite Hände. Ich finde seine Hände wundervoll und rührend, kleine Kinderhände, aber durch die Lupe gesehn, als ob sie durchaus groß sein wollten. Ich spiele den ganzen Tag mit seinen Händen; jedem Finger habe ich einen Ring aufgesetzt, jeder trägt einen anderen seltenen Stein. Der an seinem kleinen Finger erzählt die Geschichte meines Urgroßvaters, des Scheiks, des obersten Priesters aller Moscheen. Am Goldfinger sitzt ihm die Sage des Fakirs, des Bruders der Gemahlin des Emirs von Afghanistan, der war der Vetter meiner Mutter. Am Daumen droht ihm der blutigste Krieg, ein rissiger, tiefer Stein mit dem Bilde Konstantins des Kreuzritters,

dem ich den Kopf abschlug in der Schlacht bei Jerusalem. »Er« ist selbst ein Kreuzritter, ich befinde mich in verliebter Verzweiflung.
Wollt Ihr mir beide telegraphisch mitteilen, ob es stillos ist, daß ich mich in einen Ritter verliebt habe?

Tino von Bagdad.

Statt mir telegraphisch zu antworten, fragt Ihr mich, wer »er« ist. Aber ich habe schon einmal betont, ich sag nichts Genaueres mehr. Er ist groß und schlank und wenn seine Augen sich glücklich auftun, blühen sie wie ein Kornblumenfeld. Ich habe ihm gesagt, jedes Mal wenn er seine Augen lächelnd öffnet, schenke ich ihm einen Palast, oder einen goldenen Palmenbaum, oder eine Hand voll schwarzer Perlen oder *ganz* Asien. Ich muß Euch noch was Merkwürdiges erzählen: er bat mich, er drängte zärtlich zu gehorchen, ich ging am selben Abend nicht mehr ins Café. Am anderen Abend war ich wieder dort; er war sehr traurig, als er da sagte, er hätte eine Schlacht verloren. Mich bekümmerts, er sollte alle Schlachten gewinnen, und wenn ich ihm helfen sollte, mir den Kopf abzuschlagen. Oder meint Ihr, ich ginge auch ohne Kopf ins Café? Nur mit dem Rumpf, dumpf, stumpf in den objektiven Sumpf! O, wie pathetisch, nicht? Aber, es gibt ja nichts Objektiveres wie das Café, nachdem man in seiner Literatur am Schreibtisch zu Haus die Hauptrolle gespielt hat.

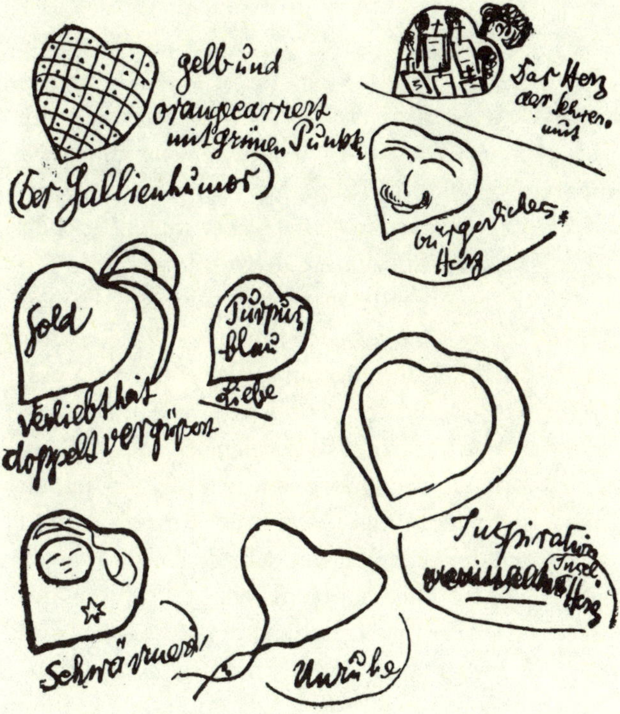

gelb und orangecarriert mit grünen Punkten
(der Gallienhumor)
Das Herz der Lehrer.
bürgerliches Herz
Gold
Verliebtheit doppelt vergrößert
Purpur blau
Liebe
Inspiration
Insel. Herz
Schwärmerei
Unruhe

Entzückend, sich abzuschütteln, seine intensivste Last. Sagt, Ihr beide, kann mir das Café schaden oder nicht schaden? Herwarth, Du behauptest ja immer, ich bin ein Genie, das ist Deine Privatsache. Soll ich mich nun von – »ihm« – trennen und ins Café zurückkehren oder soll ich bei ihm bleiben? »Kehre zurück, alles vergeben!« Pfui! . . . Er hat das schönste Profil, das ich je gesehen habe, wem soll ich es anvertrauen – Dir, Herwarth: Er ist der Konradin, den ich tötete in Jerusalem, den ich haßte in Jerusalem und alle seine Kreuzchristen in Jerusalem. Wem soll ich es anvertrauen wie Dir, Herwarth; die andern sind ja alle Philister. Wir sind ganz lila, wenn wir uns lieben, wir sind Gladiolen, wenn wir uns küssen, er geleitet mich in die Himmel Asiens. Wir sind keine Menschen mehr. Du erzählst mir nie etwas, Herwarth, oder laß ich Dich nicht zu Worte kommen, oder hast Du noch immer nicht vergessen, daß *wir* verheiratet sind?
Ich habe nun nur ihn. Aber ich bin so begierig, wie es meiner Bleibe und meiner Sterbe geht, dem Café des Westens? Es ist genau so, als ob ich einen Ohrring verloren hab, ich beginne, mich nicht mehr zu fühlen. Ein Säufer muß in seine Kneipe, ein Spieler in seine Hölle, nur ich bin abnorm. Aber er meint es ja gut, er sagt, die Leute verstehen mich nicht. Aber das Café ist das einzige Geheimnis zwischen uns (selbst Dich kennt er, Herwarth); das Café

liegt wie eine Küste zwischen uns. Gibt es nun einen Ort, auf dem so eine Bazarbuntheit ist, wie in unserem Café?

Lieber Herwarth, Kurth!
Wißt Ihr das Neueste? Cajus-Majus ist verschollen, er darf nicht mehr ins Café kommen, er soll sich das Leben genommen haben, teilweise wenigstens. Ich habe es selbst gehört im Café, ich war verkleidet als Poet, nur der Kokoschkasammler, Herr Staub, erkannte mich, er ist ein Eigener; es war gestern am ersten Februarlenztag, der Schnee lag bescheiden auf dem Hag . . . Ich bin Poetin!! Aber lauter Leute kamen ins Café mit lauter seltsamen Tiergesichtern, ich wollte, ich hätt manchmal so eins zum Bangemachen. Ich hätte gern mit dem Kokoschkasammler gesprochen; einmal lachte er auch, aber ich wollte, ich hätte – zum Teufel, wenn ich wüßte, was ich wollte.

Herwarth!
Ich muß viel denken, ich hab auch wieder viel Angst. Und mein Herz spür ich immer so komisch, ich kann nachts nicht schlafen und träume mit offenen Augen Wirklichkeiten. Es gibt einen Menschen in Berlin, der hat dasselbe Herz, wie ich eins habe, dein Freund der Doktor. Sein Herz ist karriert: gelb und orangefarben mit grünen Punkten. Galgenhumor! Und manchmal ist es schwer-

Herz=
Angst
(zwischen Erde und Himmel)

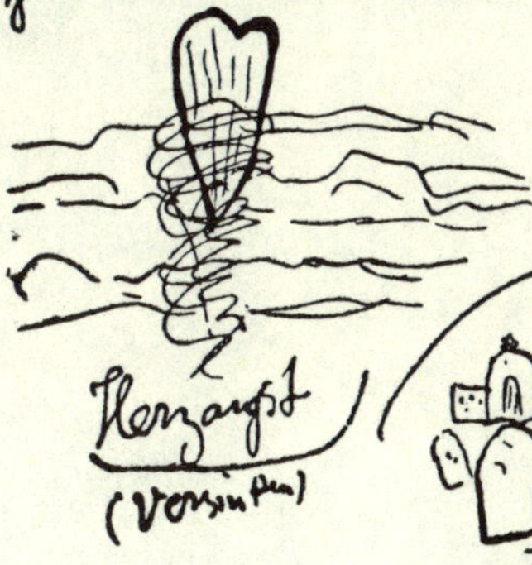
Herzangst
(Versinken)

Herzangst
(Einsinken)

mütig, dann spiegelt sich der Kirchhof in seinem Puls. Das muß man erleben! Aber meins ist manchmal doppelt vergrößert, oder es ist purpurblau. Wenn er wenigstens Schwärmerei des Herzens kennen würde; aber die Unruhe fühlt er manchmal. Ich erlebe alle Arten des Herzens, nur den Bürger nicht. O, die Herzangst, wenn das Herz versinkt in einen Wassertrichter oder zwischen Erde und Himmel schwebt in den Zähnen des Mondes oder es einsinkt – o, der Augenblick, wenn meine Stadt Theben-Bagdad einsinkt. Sieh Dir die Bilder an, Herwarth, wie klar alle Dinge und Undinge des Herzens gezeichnet sind. Sollte man nicht an die Wirklichkeit glauben, ist die zu verwerfen? Ist dieser kleine Abschnitt der Herzstimmungen meiner medizinischen Dichtung wertlos?

Leb wohl, ich will noch an den Dalai-Lama schreiben.

Sehr verehrter Dalai-Lama

»Ich werde so lange an das rote Tor Ihrer Fackel rütteln, bis Sie mir öffnen. Ich habe ein neues Gedicht, ein neues Gedicht habe ich gedichtet. Ich habe es mir in den Kopf gesetzt, es muß in Ihre Fackel herein, es hilft mir kein Himmel, es muß in Ihrer Zeitschrift gedruckt werden. Ob Sie die jetzt alleine schreiben oder nicht, ich lasse mich darauf nicht ein, – es muß sein. Ihre Fackel ist mein roter Garten, Ihre Fackel trug ich als Rose über meinem Herzen, Ihre Fackel ist meine rosenrote Aussicht, mein roter Broterwerb. Sie haben nicht das Recht, allein die Fackel zu schreiben, wie soll ich mich weiter rot ernähren?«

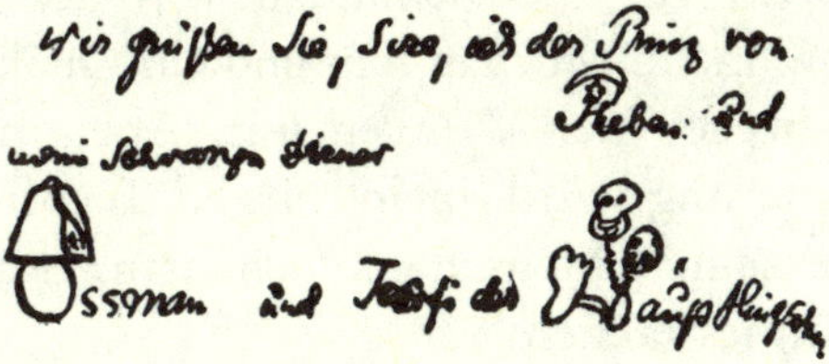

Ich habe bald nichts mehr zu sagen, Herwarth und Kurt. Übrigens seid Ihr so lange wieder in Berlin schon, und meine norwegischen Briefe neigen sich dem Ende zu. Ich habe bald überhaupt nichts mehr zu sagen, dünkt mich; wer wird ferner meine Gedichte sprechen. Nur der Prinz Antoni von Polen kann sie sprechen, seine Mondscheinstimme ist durchsichtig und alle Gesichte, die horchen, werden sich in meinen Gedichten spiegeln. Ich kann bald nicht mehr leben unter den Menschen, ich langweile mich so überaus, über alle hinaus und hin, ich seh kein Ende mehr und weiß nicht, wo es aufhört sich zu langweilen und traurig zu sein. Er, der Prinz, spricht meine Gedichte, daß sie über alle Wege scheinen, immer allen Gestalten, die da wandeln, ins Blaue oder ins Ungewisse voraus.

Unglaublich, Herwarth!
Glaub ich endlich zu Ende zu sein, läßt mich der deutsche Dichter Hans Ehrenbaum-Degele fordern zum Duell. Wegen der deutschen Sage und des hohen Lieds. Sein Sekundant wird der Schauspieler Wilhelm Murnau sein und ein Quaksalber kommt wegen der Wunden mit. Aber mir zur Aufmunterung wird mein Neger Tecofi-Folifi Temanu seinen Menschenknochentanz während des Kampfes tanzen.

Ich, der Prinz von Theben

Telegramm:
Herwarth Walden, Halensee, Katharinenstraße 5. Meine rechte Hand vom Rapier lebenslänglich durchbohrt!

Lieber Herwarth!
Ich habe meiner Stadt Theben große Schmach angetan. Für einen Krieger ist es schon eine Schande krank zu sein, aber eine nie wieder gutzumachende Schmach bedeutet es für mich, im Zelt verwundet zu liegen, getroffen von einem abendländischen Sieger. Meine beiden Neger heulen wie Weiber, schleichen im Vollmond, listige Katzen, um sein Haus; ich bin schlimm gelaunt.

Der Prinz.

Gestern schloß ich mich im Privatgemach meines Palastes ein und betete. Ich habe die Gebete fast zu sprechen vergessen, die wie Harfen eingeschnitten sind. Ich habe in Gedanken meiner Mutter Füße geküßt; wie man fromm werden kann, ich war im Augenblick dieser goldenen Demut sündlos. Du meinst, es gibt keine Sünde, aber ich zweifle nun nicht mehr daran, da ich noch im Gebet steh und vom frommen Kuß weiß bin. Soll ich mein Herz öffnen?

Herwarth!
Wie man sich nie findet! Das hat immer indirekt

einen kosmischen Grund. Ich wandle ruhelos von einem Stern zum andern; wenn ich nicht Lucifers Schwester wäre, so wär ich der ewige Engel. Du stehst augenblicklich, ganz genau nach der Sternwarte berechnet, im Wendekreis des kämpfenden Sturmhahns. Bravo!

Lieber Herwarth!
Ich saß heute nacht auf dem Dach und blickte mit dem Mond über Theben; schlief aber ein und träumte, mein stärkstes Kriegsschiff hätte Wasser gefaßt und sei untergegangen. Da dachte ich an Dich – wenn Dich einmal ein loses Weib erfassen könnte! Denn das Wasser, ob es ein Bach oder ein Teich ist, ein Fluß oder ein Meer ist, es verbirgt die lockeren, lockenden Eingeweide des Weibes in sich. Kein Schiff ist ihrer sicher. – *Ich mag Dich nicht mehr leiden.*

Lieber Herwarth!
Ich habe Richard Dehmel gezeichnet, ich habe ihn blutrot gezeichnet als orientalisches Stadtbild; nicht im Bratenrock, in dem er zu verkehren pflegt mit der Außenwelt, aber im altmodischen Stadtturban. Richard Dehmels Gedichte fließen wie Blut, jedes ein Aderlaß und eine Transfusion zugleich. Er ist der Großkalif aller Dichtung.

Ihr beiden Freunde!
Was ist das? Wart Ihr schon dort, Ecke Kurfür-

stendamm und Wilmersdorferstraße, im Café Kurfürstendamm? Ich bin zum Donnerwetter dem Café des Westens untreu geworden; wie einen Herzallerliebsten hab ich das Caféhaus verlassen, dem ich ewige Treue versprach. Das Café Kurfürstendamm ist eine Frau, eine orientalische Tänzerin. Sie zerstreut mich, sie tröstet mich, sie entzückt mich durch die vielen süßerlei Farben ihres Gewands. Eine Bewegung ist in dem Café, es dreht sich geheimnisvoll wie der schimmernde Leib der Fatme. Verschleierte Herzen sind die sternenumhangenen, kleinen Nischen der Galerien. O, was man da alles sagen und lauschen kann – leise singen Violinen, selige Stimmungen. Das Café ist das lebendig gewordene Plakat Lucian Bernhards. Ich werde ihm einen Mondsichelorden, der ihn zum thebanischen Pascha ernennt, und meine huldvollste Bewunderung übermitteln lassen.

Herwarth, Kurtchen!
Ich schreibe heute selbst die »ungeschriebenen« Zeilen an Sascha nach der Zitadelle in Rußland. Lasse meinen flammenden Myrtenbrief nicht veröffentlichen.

Telegramm:
Eben regierender Prinz in Theben geworden. Es lebe die Hauptstadt und mein Volk!

Ich werde in meiner Stadt erwartet, kostbare Teppiche hängen von den Dächern bis auf die Erdböden hernieder. Und rollen sich auf und wieder zusammen. Meine Neger liegen schon seit Sonnenaufgang vor mir auf den schwarzen Bäuchen und werden am Abend unter die Leute gehen, sie das Wort »Hoheit« lehren, bis das Wort tanzt in ihren Mündern. Ich bin Hoheit. Merkt Euch das, betont es jedem, der Euch in den Weg läuft. Aber mich schmerzt diese Ehrung, denn ich kann nicht in meine Stadt zurück, ich habe kein Geld. Und die Morgenländer lieben den Glanz; sie greifen Sterne aus den Wolken, und ihre Herzen sind aufgespeichert mit dem goldenen Weizen des Himmels. Hier gibt es keine Sterne, kleine Streukörnchen glitzern zur Erde. O, wie arm diese Abendlande, hier wächst kein Paradies, kein Engel, kein Wunder.

Wie hat mich diese Armut so beschämt, Eure Armut; ich habe nicht einmal eine Damasthaut mehr; meine elenden Füße sind zerrissen – ich sehe selbst mit Verachtung auf meine eigene Hoheit herab. Aber die Neger sind feinfühlig, sie haben ein Spiel erfunden, wir spielen zur Probe schon hier Volk und König. Sie stellen sich zu meinen beiden Seiten scharenweise auf, hunderttausend-abermillionen Köpfe in Turbanen, die schreien und kreischen, Allah, maschâh! Und klatschen in die Hände – ich lächle und werfe gnädig Küsse unter

das Volk. Ich bin ganz in Gold gekleidet wie der allerleuchtendste Mond, meine Haare funkeln, die Nägel meiner Finger sind Perlen; ich werde in den Palast getragen und gebe meinem teuren Volk die Verfassung.

Ich hoffe, Dich haben meine Briefe nicht gelangweilt, oder hat Kurtchen oft gegähnt? Lies noch einmal meinen Brief, Herwarth, der mit den Worten endet: Ich bin das Leben. Wie stolz! Nun bin ich wie ein durchsichtiges Meer ohne Boden, ich hab keinen Halt mehr. Du hättest nie wanken dürfen, Herwarth. Was helfen mir nun Deine bereitwilligen Hände und die vielen anderen Finger, die mich bang umgittern, durch die meine Seele grenzenlos fließt. Bald ist alles zu Tode überschwemmt, alles ist in mir verschwommen, alle meine Gedanken und Empfindungen. Ich habe mir nie ein System gemacht, wie es kluge Frauen tun, nie eine Weltanschauung mir irgendwo befestigt, wie es noch klügere Männer tun, nicht eine Arche habe ich mir gezimmert. Ich bin ungebunden, überall liegt ein Wort von mir, von überall kam ein Wort von mir, ich empfing und kehrte ein, so war ich ja immer der regierende Prinz von Theben. Wie alt bin ich, Herwarth? Tausend und vierzehn. Ein Spießbürger wird nie tausend und vierzehn, aber manchmal hundert und vierzehn, wenn er es »gut« meint. Herwarth, warst Du mir

treu? Ich möchte aus Geschmacksgründen in Deinem Interesse, daß Du mir treu warst. Nach mir durftest Du Dich nicht richten, ich hab den Menschen nie anders empfunden wie einen Rahmen, in den ich mich stellte; manchmal, ehrlich gesagt, verlor ich mich in ihm, zwei waren aus Gold, Herwarth, an dem einen blieb mein Herz hangen. Herrlich ist es, verliebt zu sein, so rauschend, so überwältigend, so unzurechnungsfähig, immer taumelt das Herz; gestern noch stand ich vor dem Bilde des stolzen Medici, er ist lebendig geworden und wollte mich in der Nacht entführen. Wie bürgerlich ist gegen die Verliebtheit die Liebe, oder Jemand müßte mich geliebt haben. Hast Du mich geliebt, Herwarth? Wer hat mich geliebt?
Ich würde mich im selben Augenblick zu seinen Füßen niederwerfen wie vor einen Fels, wie vor einem kostbaren Altar, ich, der Prinz von Theben. Ich würde den Liebenden mit mir tragen in den Tod wie die ägyptischen Königsmenschen ihre Kostbarkeit, ihren goldenen Krug mit sich ins Gewölbe nahmen, und den letzten Rest aus ihm tranken, den sie verachteten. Ich flüchte in das Dickicht, Herwarth, ich habe immer das Haus gehaßt, selbst den Palast; wer auch nur ein Gemach sein Eigentum nennt, besitzt eine Häuslichkeit. Ich hasse die Häuslichkeit, ich hasse drum auch die letzte Enge, den Sarg. Ich gehe in den tiefsten Wald, Herwarth; was ich tu, das ist wohlgetan, ich

zweifle nie an mir. Kann man ein gläubigeres Wort aussprechen, ohne ein Lächeln hervorzurufen? Oder hüpft wo ein Heuschreck? Ich lege mich unter die großen Bäume und strecke mich mit ihren Wurzeln, die sich immer umhalten, wie knorpliche Schlangen. Ich höre nicht mehr das Schellengeläute in meinen Ohren; jeder Herzschlag war ein Tanz. Ich kann nicht mehr tanzen, Herwarth; ich weine – Schnee fällt auf meine weinenden Augen. Grüße Theben, meine Stadt, vergiß wie ich nicht den Propheten Sankt Peter Hille, er schrieb voraus: Mir brach die Welt in Splitter. Ich richte mich noch einmal auf, stoße meine wilden Dolche alle in die Erde, eine Kriegsehrung zu meinem Haupte. Hier und nicht weiter!

Ende

L. H! *Olvenstedt bei Magdeburg*

Als ich heute morgen Deine Reisetasche vom Schrank holte, Herwarth, lag darin ein unveröffentlichter Brief von mir eingeklemmt, den ich Dir und Kurtchen einst nach Norwegen sandte – und mein Selbstbildnis in Seidenpapier gewickelt; das ist direkt ein Diebstahl an den Kunsthistorikern. Denn ich habe keine Zeichnung von mir gemacht, auch kein Gemälde, ich habe ein Geschöpf hingesetzt. Ich will Dir schnell die verlorenen Zeilen senden und mein Selbstbildnis von ungeheurem Wert. Es kostet höchstens fünf bis sechs Mark zu klischieren. Gehe zwei Abende nicht ins Café, bringe meinem Bildnis das Opfer. Unter mein Bett stellte ich die Kiste mit meinen Liebesbriefen, damit Du was zu tun habest. Ich ruhe mich indessen aus hier auf dem Lande; zwischen Richard Fuchs und Otto Fuchs gehe ich spazieren durch ihre Treibhäuser und sehe zu, wie die Nelken wachsen. Aber kalt ist es ungeheuer und die Bäume rauschen zum Wahnsinnigwerden. Ich werde sie heute nacht alle abschneiden zum Donnerwetter!

Ich grüße Dich Deine E.

Liebe Gesandte!

Wenn Ihr wieder in Berlin seid, bin ich voraussichtlich in Theben zur Einweihung meines Reliefs in der Mauer. Aber ich bin nicht gespannt darauf, mich zu sehen, denn ich habe mich nie wiederer-

mein Selbstbildniß

(Prinz von Theben.)

kannt, weder in Plastik, noch in der Malerei, selbst nicht im Abguß. Ich suche in meinem Portrait das wechselnde Spiel von Tag und Nacht, den Schlaf und das Wachen. Stößt nicht mein Mund auf meinem Selbstbilde den Schlachtruf aus?! Eine ägyptische Arabeske, ein Königshieroglyph meine Nase, wie Pfeile schnellen meine Haare und wuchtig trägt mein Hals seinen Kopf. So schenk ich mich den Leuten meiner Stadt. Oßman und Tekofi Temanu, meine schwarzen Diener, werden mein Selbstbildnis auf einer Fahne durch die Straßen Thebens tragen. So feiert mich mein Volk, so feiere ich mich.

Euer Prinz von Theben.

Ungläubige
Mein Volk will immer mein Gesicht sehn, meine Stimme hören.
Unter dem Frühstern, der nach mir benannt wurde, spreche ich zu meiner Stadt und öffne ihren Menschen meine Seele wie einen Palmenhain, den sie betreten dürfen.
Der Himmel ist mein Spiegel.
Mein Bildnis wird verteilt in Theben.

Jussuf-Prinz

Ich halte eine fromme Rede über Theben.

Bibliothek Suhrkamp

Verzeichnis der letzten Nummern

1072 Louis Aragon, Libertinage
1073 Gabriele d'Annunzio, Der Kamerad mit den wimpernlosen Augen
1075 Max Frisch, Biedermann und die Brandstifter
1076 Willy Kyrklund, Vom Guten
1077 Jannis Ritsos, Gedichte
1079 Max Dauthendey, Lingam
1080 Alexej Remisow, Gang auf Simsen
1082 Octavio Paz, Adler oder Sonne?
1083 René Crevel, Seid ihr verrückt?
1084 Robert Pinget, Passacaglia
1085 Wolfgang Koeppen, Eine unglückliche Liebe
1086 Mario Vargas Llosa, Lob der Stiefmutter
1087 Marguerite Duras, Im Sommer abends um halb elf
1088 Joseph Conrad, Herz der Finsternis
1090 Czesław Miłosz, Gedichte
1091 Karl Kraus, Die letzten Tage der Menschheit
1092 Jean Giono, Der Deserteur
1093 Michel Butor, Die Wörter in der Malerei
1094 Konstantin Waginow, Auf der Suche nach dem Gesang der Nachtigall
1095 Max Frisch, Fragebogen
1096 Carlo Emilio Gadda, Die Liebe zur Mechanik
1097 Bohumil Hrabal, Die Katze Autitschko
1098 Hans Mayer, Frisch und Dürrenmatt
1099 Isabel Allende, Eine Rache und andere Geschichten
1100 Wolfgang Hildesheimer, Mitteilungen an Max
1101 Paul Valéry, Über Mallarmé
1102 Marie Nimier, Die Giraffe
1103 Gennadij Ajgi, Beginn der Lichtung
1104 Jorge Ibargüengoitia, Augustblitze
1105 Silvio D'Arzo, Des andern Haus
1106 Werner Koch, Altes Kloster
1107 Gesualdo Bufalino, Der Ingenieur von Babel
1108 Manuel Puig, Der Kuß der Spinnenfrau
1109 Marieluise Fleißer, Das Mädchen Yella
1110 Raymond Queneau, Ein strenger Winter
1111 Gershom Scholem, Judaica 5
1112 Jürgen Becker, Beispielsweise am Wannsee
1113 Eduardo Mendoza, Das Geheimnis der verhexten Krypta
1114 Wolfgang Hildesheimer, Paradies der falschen Vögel
1115 Guillaume Apollinaire, Die sitzende Frau
1116 Paul Nizon, Canto
1117 Guido Morselli, Dissipatio humani generis
1118 Karl Kraus, Nachts
1119 Juan Carlos Onetti, Der Tod und das Mädchen
1120 Thomas Bernhard, Alte Meister

1121 Willem Elsschot, Villa des Roses
1122 Juan Goytisolo, Landschaften nach der Schlacht
1123 Sascha Sokolow, Die Schule der Dummen
1124 Bohumil Hrabal, Leben ohne Smoking
1125 Peter Bichsel, Eigentlich möchte Frau Blum den Milchmann kennenlernen
1126 Guido Ceronetti, Teegedanken
1127 Adolf Muschg, Noch ein Wunsch
1128 Forugh Farrochsad, Jene Tage
1129 Julio Cortázar, Unzeiten
1130 Gesualdo Bufalino, Die Lügen der Nacht
1131 Richard Ellmann, Vier Dubliner - Wilde, Yeats, Joyce und Beckett
1132 Gerard Reve, Der vierte Mann
1133 Mercè Rodoreda, Auf der Plaça del Diamant
1134 Francis Ponge, Die Seife
1135 Hans-Georg Gadamer, Über die Verborgenheit der Gesundheit
1136 Wolfgang Hildesheimer, Mozart
1138 Max Frisch, Stich-Worte
1139 Bohumil Hrabal, Ich habe den englischen König bedient
1141 Cees Nooteboom, Die folgende Geschichte
1142 Hermann Hesse, Musik
1143 Paul Celan, Lichtzwang
1144 Isabel Allende, Geschenk für eine Braut
1145 Thomas Bernhard, Frost
1146 Katherine Mansfield, Glück
1147 Giorgos Seferis, Sechs Nächte auf der Akropolis
1148 Gershom Scholem, Alchemie und Kabbala
1149 Max Dauthendey, Die acht Gesichter am Biwasee
1150 Julio Cortázar, Alle lieben Glenda
1151 Isaak Babel, Die Reiterarmee
1152 Hermann Broch, Barbara
1154 Juan Benet, Der Turmbau zu Babel
1155 Bertolt Brecht, Die Dreigroschenoper
1156 Józef Wittlin, Mein Lemberg
1157 Bohumil Hrabal, Reise nach Sondervorschrift
1158 Tankred Dorst, Fernando Krapp hat mir diesen Brief geschrieben
1159 Mori Ōgai, Die Tänzerin
1160 Hans Jonas, Gedanken über Gott
1161 Bertolt Brecht, Gedichte über die Liebe
1162 Clarice Lispector, Aqua viva
1163 Samuel Beckett, Der Ausgestoßene
1164 Friedrike Mayröcker, Das Licht in der Landschaft
1165 Yasunari Kawabata, Die schlafenden Schönen
1166 Marcel Proust, Tage des Lesens
1167 Peter Weiss, Die Verfolgung und Ermordung Jean Paul Marats
1168 Alberto Savinio, Kindheit des Nivasio Dolcemare
1169 Alain Robbe-Grillet, Die blaue Villa in Hongkong
1170 Dolf Sternberger, ›Ich wünschte ein Bürger zu sein‹
1171 Herman Bang, Die vier Teufel
1172 Paul Valéry, Windstriche
1173 Peter Handke, Die Stunde da wir nichts voneinander wußten

1174 Emmanuel Bove, Die Falle
1175 Juan Carlos Onetti, Abschiede
1176 Elisabeth Langgässer, Das Labyrinth
1177 E. M. Cioran, Syllogismen der Bitterkeit
1178 Kenzaburo Oe, Der Fang
1179 Peter Bichsel, Zur Stadt Paris
1180 Zbigniew Herbert, Der Tulpen bitterer Duft
1181 Martin Walser, Ohne einander
1182 Jean Paulhan, Der beflissene Soldat
1183 Rudyard Kipling, Die beste Geschichte der Welt
1184 Elizabeth von Arnim, Der Garten der Kindheit
1185 Marcel Proust, Eine Liebe Swanns
1186 Friedrich Cramer, Gratwanderungen
1187 Juan Goytisolo, Rückforderung des Conde don Julián
1188 Adolfo Bioy Casares, Abenteuer eines Fotografen
1189 Cees Nooteboom, Der Buddha hinter dem Bretterzaun
1190 Gesualdo Bufalino, Mit blinden Argusaugen
1191 Paul Valéry, Monsieur Teste
1192 Harry Mulisch, Das steinerne Brautbett
1193 John Cage, Silence
1194 Antonia S. Byatt, Zucker
1195 Claude Lévi-Strauss, Mythos und Bedeutung
1198 Tschingis Aitmatow, Der weiße Dampfer
1199 Gertrud Kolmar, Susanna
1201 E. M. Cioran, Gedankendämmerung
1202 Gesualdo Bufalino, Klare Verhältnisse
1203 Friedrich Dürrenmatt, Die Ehe des Herrn Mississippi
1204 Alexej Remisow, Die Geräusche der Stadt
1205 Ambrose Bierce, Mein Lieblingsmord
1206 Amos Oz, Herr Levi
1208 Wolfgang Koeppen, Ich bin gern in Venedig warum
1209 Hugo Claus, Jakobs Verlangen
1210 Abraham Sutzkever, Grünes Aquarium/Griner Akwarium
1211 Samuel Beckett, Das letzte Band/Krapp's Last Tape/La dernière bande
1213 Louis Aragon, Der Pariser Bauer
1214 Michel Foucault, Die Hoffräulein
1215 Gertrude Stein, Zarte Knöpfe/Tender Buttons
1216 Hans Mayer, Reden über Deutschland
1217 Alvaro Cunqueiro, Die Chroniken des Kantors
1218 Inger Christensen, Das gemalte Zimmer
1219 Peter Weiss, Das Gespräch der drei Gehenden
1220 Rudyard Kipling, Das neue Dschungelbuch
1222 Martin Walser, Selbstbewußtsein und Ironie
1223 Cees Nooteboom, Das Gesicht des Auges/Het gezicht van het oog
1224 Samuel Beckett, Endspiel/Fin de partie/Endgame
1225 Bernard Shaw, Die wundersame Rache
1226 Else Lasker-Schüler, Der Prinz von Theben
1227 Cesare Pavese, Die einsamen Frauen
1228 Zbigniew Herbert, Stilleben mit Kandare
1229 Marie Luise Kaschnitz, Das Haus der Kindheit

Bibliothek Suhrkamp

Alphabetisches Verzeichnis